C. Hasse

Das Gehörorgan der Frösche

C. Hasse

Das Gehörorgan der Frösche

Unveränderter Nachdruck der Originalausgabe von 1868.

1. Auflage 2022 | ISBN: 978-3-37506-040-4

Verlag: Salzwasser Verlag GmbH, Zeilweg 44, 60439 Frankfurt, Deutschland
Vertretungsberechtigt: E. Roepke, Zeilweg 44, 60439 Frankfurt, Deutschland
Druck: Books on Demand GmbH, In de Tarpen 42, 22848 Norderstedt, Deutschland

DAS

GEHÖRORGAN DER FRÖSCHE

VON

DR. C. HASSE,

PROSECTOR UND DOCENT AN DER ANATOMIE ZU WÜRZBURG.

MIT DREI KUPFERTAFELN.

LEIPZIG,
VERLAG VON WILHELM ENGELMANN.
1868.

HERRN

A. KÖLLIKER

HOCHACHTUNGSVOLL GEWIDMET

.VOM

VERFASSER.

Das Gehörorgan der Frösche ist wohl eine der schwierigeren Aufgaben, die sich eine histologische Untersuchung zum Vorwurf machen kann, man könnte fast sagen, das schwierigste Kapitel in dem Kapitel der Gehörorgane überhaupt, nicht sowohl wegen seiner Kleinheit, als wegen der Complicirtheit seiner Theile, die, abgesehen davon, dass sie der vergleichend anatomischen Erklärung manche und erhebliche Schwierigkeiten in den Weg legen, auch dem ersten Erkennen dadurch grosse Hindernisse bereiten, dass die einzelnen Abtheilungen nur ausserordentlich wenig gegenüber dem umgebenden Gewebe differenzirt sind. Sie stellen sich eben nur als Verdickungen und leichte Ausbuchtungen der Wandungen eines einfachen Gehörbläschens dar, deren Lagerung sich durch eine geringe Anhäufung von dunklen Pigmentzellen verräth und auch dies Verhalten ist nicht immer charakteristisch, da auch an anderen Orten, wenn auch meistens nicht völlig so starke Pigmentanhäufungen sich finden. Ein langes, eingehendes Studium, ein Schärfen des Auges für kleinste mikroskopische Verhältnisse ist nöthig, um eine klare Uebersicht über dieses Chaos über und neben einander gelegener Theile zu gewinnen, die auf einen so ausserordentlich kleinen Raum beschränkt, dennoch ein Spiegelbild der Verhältnisse, wie wir sie bei den höheren Thieren finden, sind. Auch an dieser Stelle habe ich wieder des unvergesslichen Deiters zu gedenken, dessen Darstellung dieser Arbeit zu Grunde liegt. Sie war der Faden, an den ich mich hielt, sie stützte mich, und Deiters Verdienst ist es, wenn durch diese meine Untersuchungen die Kenntniss des complicirten

1

Baues des Gehörorgans der Batrachier und des Gehörapparates im Allgemeinen weiter gefördert wird. Wie oft stand ich nach mühsamen Suchen und Forschen im Begriff, ein weiteres Vordringen aufzugeben. wie oft habe ich vergebens gesucht, Deiters' Darstellung zu verificiren. jeder neue Schnitt brachte mir neue räthselhafte Bilder, ein Gesammtbild tauchte nicht auf, ich vermochte die Theile nicht wiederzufinden. die er beschrieben, allein der Glaube an die Richtigkeit im Wesen der Deiters'schen Beschreibung, die ich schon so oft erprobt, führte mich immer wieder zurück ans Mikroskop und an die Loupe, bis endlich. sei es durch einen glücklichen Zufall, sei es durch etwas modificirte Methode im Präpariren, die Wahrheit allmählich zu Tage trat. In wenigen Arbeiten manifestirt sich das Beobachtungstalent Deiters' in einem so hohen Grade, wie in der: »Ueber das innere Gehörorgan der Amphibien«[1]), soweit es die Batrachier betrifft, und wenig wird an den Grundfacta, die er hingestellt, durch meine Untersuchungen gerüttelt werden, es sind wesentlich Bestätigungen und weitere Ausführungen seiner Beobachtungen. Ich bin mir vollauf bewusst, dass meine Darstellung noch lange nicht alle Puncte erschöpft und auf das Unzweifelhafteste hinstellt, dass manche und wesentliche Puncte namentlich in Betreff des Verhaltens der Membrana tectoria Lücken zeigen, allein, wenn ich auch kommenden Forschern überlassen muss, diese interessanten und wichtigen Puncte weiter auszuführen und ins klarste Licht zu stellen, so glaube ich doch insofern die Betrachtung des Gehörorgans dieser Thiere abschliessen zu dürfen, als ich auch hier so weit gedrungen bin, um sagen zu können, dass auch bei den Batrachiern das Princip im Bau des Gehörorgans ganz dasselbe ist, wie bei den höheren Thieren; dass die wesentlichen Theile einander entsprechen, und dass die Art und Weise der Nervenendigung in allen Theilen des Gehörapparates ein und dasselbe ist. Somit erwächst meiner Ansicht, dass dieselben wesentlichen Verhältnisse beim Menschen maassgebend sind, eine neue Stütze, einer Ansicht, auf welcher fussend, ich dazu geführt wurde, das Wesen der Erregung der Gehörempfindungen nicht vor allem und ausschliesslich in den Corti'schen Fasern zu suchen, sondern in Schwingungen der Membrana tectoria und Secundärschwingungen der Härchen der Stäbchenzellen.

Freilich möchte eine Betheiligung des Corti'schen Organs dieses so einzig in seiner Art dastehenden und so charakteristischen Gebildes in der menschlichen Schnecke an dem Zustandekommen der Gehörempfindungen nicht so von der Hand zu weisen sein, wie ich es an-

---

1) Archiv für Anatomie und Physiologie, 1862.

fangs glaubte, indem ich es nur als elastische Brücke für die Membrana
tectoria auffasste. Es wäre wohl denkbar, dass dennoch die Tonempfindungen beim Menschen in ihrer Feinheit und Reinheit mit durch
sie vermittelt werden, dass sie wirklich für bestimmte Töne abgestimmt
sind und nun durch ihre Schwingungen die nächstgelegenen Theile der
Membrana tectoria und somit auch die Stäbchenzellen und zwar eine
desto grössere Anzahl, je weiter vom Anfang entfernt die Corri'schen
Fasern angesprochen werden, in besondere Schwingungen versetzten,
allein dass sie ausschliesslich die Tonempfindungen vermitteln, möchte
ich nicht glauben, da sie sonst den Vögeln, die doch auch Töne perci-
piren können, abgesehen von den anderen Wirbelthieren, nicht fehlen
würden. Die Schwingungen der Membrana tectoria oder einer Otolithenmasse werden immer das Wesentlichste sein, das Corti'sche Organ mag nur dazu dienen, eine grössere Feinheit in der Unterscheidung
der Töne hervorzubringen. Freilich wäre es nöthig, noch sicherer wie
bisher, die Differenzen in der Höhe, im Abstande und in der Elasticität
von Beginn bis zum Ende der Schnecke durch weitere anatomische
Untersuchungen festzustellen.

Die Präparation der häutigen Theile des Gehörorgans gehört nicht
gerade zu den leichtesten, soweit es sich um die unversehrte Herausnahme der Theile handelt. Sie sind so zart und zerreisslich, dass die
geringste Unvorsichtigkeit sich rächt und dennoch darf man nicht lang-
sam zu Werke gehen, sondern muss sich möglichster Schnelligkeit im
Präpariren befleissigen, da sonst die zarten Theile rasch zerfallen. Ich
habe auch hier dieselbe Methode wie bei den Vögeln befolgt, dass ich
erst schnell auf ausgiebige Weise das Gehäuse öffnete, um der conser-
virenden Flüssigkeit Eingang zu verschaffen, dann die Einwirkung derselben ruhig abwartete und nach einiger Zeit unter steter Benetzung
mit der Conservationsflüssigkeit die häutigen Theile isolirte. Zuerst
werden die Bogengänge in ihrem Gehäuse von aussen oder von der
Schädelhöhle her blossgelegt und dann vorsichtig mit Nadeln, um die
zarte Wand des Steinsacks nicht zu verletzen, der Rest des Organs
herausgehoben und dann soweit als möglich von dem anhaftenden
Perioste befreit. Um die im Anfange so schwer unterscheidbaren einzelnen Theile, namentlich der Schnecke, sichtbar zu machen, ist die
Anwendung der Osmiumsäure, ich möchte fast sagen, eine unumgäng-
liche Nothwendigkeit. Alkohol und Müller'sche Flüssigkeit bieten lange
nicht die Vortheile. Die Osmiumsäure ist dadurch unschätzbar, wie
ich es bei meinen letzten Untersuchungen so vielfach erfahren, dass sie
bei gehöriger Einwirkung die Theile, zu denen die Nerven gehen,
dunkler färbt wie die übrigen und dadurch ihr Erkennen erleichtert.

Jedoch habe ich es nicht immer in der Hand gehabt, unter fast gleichen Verhältnissen und bei denselben Präparationsmethoden eine genügende Einwirkung, die sich erst später nach dem Liegen in Wasser durch ihre tiefschwarze Farbe bekundete, zu erzielen. Häufig war die Färbung nur schwach und ungenügend, und in Folge dessen traten auch die inneren Theile nur ungenügend und mässig conservirt zu Tage. Mag sein, dass die Concentration, eine Lösung von $\frac{1}{6} - \frac{1}{4}$ %, nicht ausreichend war, jedenfalls möchte ich kommenden Forschern empfehlen, Versuche mit einer concentrirteren Flüssigkeit zu machen. Jedoch bieten auch die weniger gefärbten Präparate Vortheile mancherlei Art. die namentlich in der stärkeren Durchsichtigkeit beim Betrachten der Epithelauskleidung zu Tage tritt. So sehr nun auch die Osmiumsäure in starker Lösung für das anfängliche Erkennen der Theile, sei es mit blossem Auge, sei es unter der Loupe, sich hier minder empfiehlt, so wenig sind doch die beiden anderen Flüssigkeiten zu entbehren, einmal für die Schnittführung und dann für die Isolation. Die mit ihnen behandelten Präparate habe ich meistens mit Carmin gefärbt. Hat man sich einmal über die Lage, namentlich der Schneckentheile vergewissert, dann gelingt deren Isolation nicht schwer, und ist unter der Loupe oder mit blossem Auge auszuführen. Ihre Befestigung ist äusserst zart und leicht zu trennen, ohne dass die im Inneren befindlichen Theile, mit Ausnahme der Membrana tectoria, aus der Lage kommen; schwieriger ist schon das Abheben des Periostes von der Aussenwandung, eine Operation, die so ausgiebig als möglich gemacht werden muss, um gute durchsichtige Flächenpräparate zu gewinnen. Hat man die einzelnen Theile isolirt, so macht man natürlich Schnitte in allen Richtungen und betrachtet dann den Zusammenhang der Theile unter einander, indem man einestheils durch das ganze Organ in allen Richtungen, anderntheils durch einzelne im Zusammenhang isolirte Theile Schnitte macht. Nur so gelingt es, in das Gewirr von Erhebungen, Ausbuchtungen und über einander gelegenen Hohlräumen Klarheit zu bringen, und aus einzelnen Bildern sich ein deutliches Gesammtbild zu construiren.

In meiner letzten Abhandlung: »Die Histologie des Bogenapparates und des Steinsacks der Frösche«[1]) habe ich schon den Bau einer wichtigen Abtheilung des gesammten Gehörapparates einer ausführlichen Betrachtung unterzogen, so dass es überflüssig sein möchte, hier weiter auf das histologische Detail einzugehen, es möchte genügen, mich in dieser Beziehung auf das dort Gesagte zu beziehen, allein wesentliche Verhältnisse wurden dort ausser Acht gelassen, die erst in dieser Ab-

---

1) Diese Zeitschrift. Bd. XVII. Heft 2.

handlung ihre Stelle finden werden, um so die Kenntniss des Baues
zum vorläufigen Abschluss zu bringen. Sie beziehen sich auf die
Structur und die Lagerungsverhältnisse des Gehäuses des Gehörapparates und die Art und Weise der Lagerung der häutigen Theile
innerhalb desselben; diese Puncte nachzuholen soll zunächst meine
Aufgabe sein, um mich dann zur Beschreibung des eigentlichen Gehörbläschens mit dessen einzelnen Theilen, unter denen dann die Schnecke
gewiss mit das höchste Interesse in Anspruch nimmt, zu wenden. Zum
Schluss will ich dann noch die für die vergleichende Anatomie wichtigsten Puncte, die Analogien mit den Gehörapparaten der höheren
Thiere besonders hervorheben, und es wird auch hier klar zu Tage
treten, eine wie grosse Verwandtschaft trotz der äusserlich scheinbar
so grossen Differenzen zwischen den einzelnen Theilen vorhanden ist,
wie selbst bei diesen Thieren, bei denen sich die einfache Bläschen-
form des Gehörorgans zu manifestiren scheint, dennoch eine Differenzirung sich findet, die den Trennungen in einzelne Abtheilungen bei
den höheren Thieren entspricht.

Das knöcherne Gehäuse des Gehörorgans findet sich dicht vor den
beiden Condylen des Hinterhaupts seitlich an der Schädelwand in Gestalt zweier höckerartiger symmetrischer Hervorragungen, an deren
äusseren Flächen sich das Gerüst des Kiefers befestigt. Zu gleicher
Zeit zeigen sich diese Auftreibungen mit ihren äusseren Theilen etwas
nach hinten hin gerichtet. Die obere Fläche dacht sich in der Höhe
des Schädeldachs schräg von oben medianwärts, lateralwärts ab. Die
untere Fläche ist vollkommen horizontal gestellt. Die vordere, leicht
ausgehöhlte Fläche bildet die hintere Begrenzung der Augenhöhle,
während die innere der Schädelhöhle zugekehrt ist. Die obere Fläche
dieser knöchernen Hervorragung zeigt drei leichte leistenartige Erhebungen, der Ausdruck der häutigen Bogengänge, jedoch in grösserer
oder geringerer Deutlichkeit. Am stärksten erhebt sich die hintere
Hervorragung (Taf. XXVI. Fig. 1 c.), die über und vor dem Hinter-
hauptsknorren nach vorne gegen das Schädeldach ziehend, unter einem
Winkel von ungefähr 45° zur Frontalebene gestellt ist. Sie bezeichnet
den Ort, wo man den frontal gestellten Bogengang zu suchen hat.
Schwächer erweist sich schon die andere Erhebung (Taf. XXVI. Fig. 1 b.),
welche als der Ausdruck des sagittal gestellten Bogenganges ebenfalls
in einem Winkel von ungefähr 45° zur sagittalen Ebene gestellt, medianwärts an der Grenze des Schädeldachs mit der hinteren vereinigt,
also nach hinten und innen gerichtet ist. Ausserordentlich schwach
sichtbar ist die Hervorragung, welche als Ausdruck des horizontalen
Bogenganges (Taf. XXVI. Fig. 1 d.) längs dem vorderen Rande der oberen

Fläche verläuft. Auch sie liegt nicht genau in horizontaler Ebene, sondern erhebt sich unter einem ähnlichen Winkel wie die beiden anderen
aus derselben, und zieht von vorne oben nach hinten unten. Leichte
höckerförmige Hervorragungen an der vorderen und hinteren Leiste
hinten resp. vorn, aussen bezeichnen die Stellen, wo man die Ampullen aufzusuchen hat (Taf. XXVI. Fig. 2 e, f u. g.). Die dem Schädel-
raum zugekehrte Wandung zeigt eine ziemlich beträchtliche, rundliche
Auftreibung von der Vereinigung der beiden verticalen Bogengänge
herrührend, während gegen den Boden der Schädelhöhle hin eine kaum
erkennbare Hervorragung als Ausdruck des weiteren Verlaufes des
horizontalen Bogenganges zieht. Unterhalb und etwas nach vorn von
der rundlichen, starken Hervorragung, bemerkt man dann in einer
leichten Einsenkung die Durchbruchsstelle des Nervus acusticus, den
Porus acusticus internus. An der äusseren Fläche sieht man dann noch
ausser den Anheftungen des Kiefergerüstes unterhalb der Leiste, welche
der Ausdruck des horizontalen Bogenganges ist (Taf. XXVI. Fig. 1 a
und 2 a.), das etwas nach hinten sehende, mit dem längsten Durchmesser horizontal gestellte Foramen ovale, welches direct ins Innere
des Gehäuses führt. Ausser dem Foramen ovale und der Durchtritts-
stelle des Nervus acusticus ist es mir nicht gelungen, eine Oeffnung in
dem Gehäuse zu entdecken, und somit glaube ich auch für die Frösche
den Mangel eines Foramen rotundum statuiren zu müssen. Ed. Weber
hat freilich darauf aufmerksam gemacht, dass bei den Fröschen eine
durch.eine Membran verschlossene feine Oeffnung am Ausgange des
Canals für den Nervus vagus vorkommt und Stannius[1]) hat sie bei
einigen fremden Fröschen wiedergefunden. Auch Deiters[2]) glaubt sich
von einer zweiten sehr kleinen Oeffnung der Labyrinthhöhle überzeugt
zu haben, allein er legt kein grosses Gewicht auf dieselbe, da sie keine
Verbindung mit der Paukenhöhle repräsentirt. Ich habe, wie gesagt,
niemals Andeutungen eines Foramen rotundum bei unseren Fröschen
zu finden vermocht. Dies die Verhältnisse beim Betrachten von aussen.

Während nun bei den Vögeln, den Säugethieren und den Menschen die häutigen Theile des Labyrinths in entsprechend geformte,
feste, knöcherne Theile eingebettet sind, die sich mit grösserer oder
geringerer Leichtigkeit aus der umgebenden spongiösen Knochenmasse
herausschälen lassen, sehen wir bei den Batrachiern an den Hervorragungen, in denen das Gehörorgan gelagert ist und deren einzelne
Theile sich nur schwach auf der Oberfläche manifestiren, den
Knochen nur theilweise das Gehäuse bilden, wenn auch an einigen

1) Handbuch der Anatomie der Wirbelthiere.
2) l. c.

Stellen in einem ausgedehnteren Maasse, wie an anderen. Er bildet nur die äussere Oberfläche und unter ihm liegt eine mehr oder minder dicke Schicht hyalinen Knorpels (Taf. XXVI. Fig. 3 a. u. 4 a.), dessen Knorpelzellen von mehr oder minder unregelmässiger Gestalt sich durchgehends auf die Spindelform zurückführen lassen. In dieser Knorpelmasse sind die häutigen Theile des Gehörorgans gelagert. Der Knorpel ist dort am dicksten, wo an der Oberfläche die Hervorragungen am geringsten ausgeprägt sind und zwischen diesen, am dünnsten an der der Schädelhöhle zugewandten Fläche, wo er fast ganz von dem Knochen verdrängt wird. Gelang es bei den höheren Thieren ver- hältnissmässig leicht, am leichtesten bei den Vögeln, das durch com- pactere Knochenmasse sich auszeichnende Gehäuse von der Umgebung zu isoliren und zeigte sich somit die Trennung als eine vollkommen naturgemässe, so ist das bei den Fröschen nicht der Fall. Obwohl mit einem grossen Aufwand von Geduld und Geschicklichkeit eine dünne Knorpellage um die einzelnen Theile des Gehörorgans, die die Form derselben wiederspiegelt, sich isoliren lassen würde, so sind alle meine darauf gerichteten Bemühungen wegen der Kleinheit der Gebilde ge- scheitert, allein ich glaube, dass diesem Umstande kein besonderes Gewicht beizumessen ist, da die Trennung in der gleichmässigen Knorpelsubstanz immer eine künstliche sein muss.

Heben wir die Columella aus dem Foramen ovale heraus und öffnen wir das Gehäuse von der Schädelbasis aus, wie es auch Dsrrras gemacht hat, in der Höhe desselben, so erblicken wir zunächst eine geräumige Höhle und in derselben, namentlich am Dach des Gehäuses und an der Innenwand mehrere Oeffnungen, als Ausdruck einestheils des aus der Schädelhöhle heraustretenden Nerven, anderntheils der die Knorpelsubstanz durchsetzenden drei Bogengänge. Es findet sich keine Spur einer Differenzirung in Vorhof und Schnecke. An keiner Stelle der Wandung ist es mir gelungen, auch nur einen Eindruck zu finden, der darauf hindeutete, dass wir es hier möglicherweise mit einem Schneckenrudiment oder dessen Annex, dem Sacculus zu thun haben. Freilich möchte ich diese meine Untersuchungen an dem Gehäuse nicht als vollkommen maassgebend hinstellen, denn einmal waren sie nicht ausgedehnt genug und zweitens ist auch die Kleinheit des Objectes bei Rana temporaria störend, wenn man gröbere anatomische Verhältnisse wie diese wahrnehmen will, und so mag es wohl sein, dass andere Forscher bei grösseren Objecten glücklicher sind, wie ich, und dennoch Spuren von Analogieen der entsprechenden Verhältnisse bei höheren Thieren auffinden. Es kann uns jedoch dieses soeben erwähnte Ver- halten der Gehörhöhle nicht so sehr befremden, wenn wir die schon eine Stufe niedriger in der Organisation stehende Classe der Vögel in Betracht ziehen. Hier kommen wir ja auch mittelst des Foramen ovale in eine geräumige Höhle, das Vestibulum, in welches wir als kleine Annexe und in weiter offener Communication einmal die kurze knöcherne Schnecke und dann mittelst des Foramen vestibulare die Höhlung, in der der Utriculus lag, münden sehen. Bei den Batrachiern sind selbst diese geringen Ausweitungen, die erst bei dem Menschen und den Säugern in Gestalt der gewundenen Schnecke wenigstens im erwachsenen Zustande sich differenziren, verschwunden, und wir haben im Sagittalschnitt einen längsovalen Hohlraum, der mit seinem längsten Durchmesser also von vorne nach hinten gestellt ist. Es ist ein Anklang an die embryonalen Verhältnisse bei den höheren Thieren, wo sich ja auch erst aus einer einfachen kugeligen Anlage durch Erhebungen und Abschnürungen die einzelnen Theile differenziren. Betrachten wir die Lumina der knorpeligen Bogengänge auf dem Querschnitt, so zeigen sich dieselben ebenfalls oval oder elliptisch (Taf. XXVI. Fig. 3). Von dem Zusammenmünden der Bogengänge, bevor sie in den Utriculus treten, ein Verhalten, welches sich bei den Vögeln am knöchernen Gehäuse so schön darstellen liess, sehen wir bei den Fröschen nichts, eben so wenig wie von den Ampullen, die in die allgemeine Gehörhöhle mit begriffen zu sein scheinen, mit Ausnahme der schon früher erwähnten kleinen Hervorragungen an der oberen Fläche des Gehäuses.

Das Innere der Gehörhöhle sowohl als der knorpeligen Bogengänge ist mit einem Periost ausgekleidet, dessen Bau ich schon in meiner vorigen Abhandlung: »Die Histologie des Bogenapparates und des Steinsacks der Frösche«[1]) beschrieb, und dessen inniger Zusammenhang mit den häutigen Theilen schon dort von mir Erwähnung gethan wurde. Die Befestigung mit der knorpeligen Wandung ist eine ausserordentlich lockere und kaum nachzuweisende (Taf. XXVI. Fig. 4 b.), während dagegen die Zellen, welche die Verbindung mit den häutigen Theilen vermitteln, an der dem freien Lumen zugekehrten Seite ausserordentlich zahlreich sind und so dicht gelagert, dass sie zuweilen eine Art Epithel vortäuschen können. Von einem eigentlichen Epithel ist aber auch bei diesen Thieren keine Rede, und somit wäre die Zahl der Beobachtungen wiederum um eine vermehrt, die das Epithel der Innenseite des Periost und der Aussenseite der häutigen Theile läugnen. Mochte ich das Periost, von welcher Stelle des Inneren der Gehörhöhlungen es auch immer sein mochte, untersuchen, niemals zeigte dasselbe ein wahres Epithel, so häufig auch durch die aufsitzenden Bindegewebszellen, die die Ver-

1) l. c.

bindungen mit ähnlichen Zellen auf den Wandungen der häutigen Gehörtheile vermittelten, ein solches vorgespiegelt werden konnte. Immer
lassen sich an den einzelnen deutliche, häufig recht lange freihängende
Ausläufer nachweisen. Ich erwähnte dieses Umstandes schon in meiner
letzten Abhandlung[1]), allein ich wiederhole es hier noch einmal, weil
meine Untersuchungen sich jetzt auf ein weiteres Gebiet ausdehnen.
Für den Bogenapparat von Hund und Katze, für den gesammten Gehörapparat der Vögel und der Frösche gilt ein und dasselbe in Betreff
dieser dem Periost aufsitzenden Zellgebilde. Sie sind nicht dem Epithel
als gleichwerthig anzusehen, sondern gehören in die Classe der Bindesubstanzen, sie sind ganz gewiss bei den Vögeln und wahrscheinlich
auch bei den anderen Thieren die Residuen einer embryonalen Zellenanhäufung, aus der sich einerseits das Periost, andererseits die Knorpelwandung der häutigen Gehörtheile entwickelte, während das zwischenliegende Stratum allmählich einer regressiven Metamorphose unterworfen
wurde und die Gestalt eines reticulären oder Gallertgewebes annahm,
wie es ja auch Kölliker[2]) von den höheren Thieren beschrieben (siehe
meine Beiträge zur Entwickelung der häutigen Gewebe der Vogelschnecke)[3]). Will man die aufliegenden Zellen wegen ihres hie und da
auftretenden epithelartigen Charakters als Epithel auffassen, so ist man
genöthigt, eine ganz neue Form von Epithelzellen zu statuiren, denn
sie würden im Bau sowohl wie in der Entwickelung ohne Gleichen
dastehen. Rüdinger hat in der neuesten Zeit in einer vorläufigen Mit-
theilung: »Vergleichend anatomische Studien über das häutige Laby-
rinth«[4]) mit Recht geäussert, dass es nicht unumgänglich nothwendig
sei, dass das, was in Betreff des Gehörorgans der Vögel gelte, wegen
der grossen Aehnlichkeit der Bildungen auch bei dem Menschen Geltung haben müsse. Ich bin weit davon entfernt, trotz der auffallenden
und grossen Aehnlichkeiten überall ein gleiches Verhalten statuiren zu
wollen, habe im Gegentheil bei vielfachen Gelegenheiten auf wichtige
Differenzen aufmerksam gemacht, und sonach werde ich mich auch nicht
gegen eine Abweichung in Betreff des hier beschriebenen Gebildes
sträuben, allein ich kann dennoch nicht unterlassen, gewichtige Be-
denken in Betreff der Epithelbekleidung des Periostes auch beim Menschen geltend zu machen, gerade auf Grund der den Rüdinger'schen
so ähnlichen Befunde bei den niederen Thieren und selbst bei Säugethieren. Auch die entwickelungsgeschichtlichen Resultate Kölliker's

---

1) l. c.
2) Entwickelungsgeschichte.
3) Diese Zeitschrift. Bd. XVII.
4) Monatsschrift für Ohrenheilkunde, 1867. No. 2.

sprechen für meine Annahme, und so wenig ich gesonnen bin, positiven Befunden Rüdinger's Reflexionen zu substituiren, denen keine Beobachtungen zu Grunde liegen, so dringend möchte ich doch im Interesse der Sache den geehrten Forscher auffordern, fussend auf der Entwickelungsgeschichte erneute Untersuchungen in Betreff der beregten Zellgebilde anzustellen. Nur so lässt sich eine Entscheidung treffen, ob auch für die Menschen meine Auffassung derselben als Bindegewebszellen, die zuweilen ein epithelartiges Aussehen bekommen, oder als wirkliche Epithelien, wie Rüdinger will, richtig ist. Ein Grund, eine andere Epithelform zu statuiren, scheint mir nach den bis jetzt an der Hand der Entwickelungsgeschichte gemachten Erfahrungen nicht vorzuliegen.

Betrachten wir das häutige Gehörorgan in seinen verschiedenen Theilen, so bemerken wir bei oberflächlicher Betrachtung, dass wir es mit einem bläschenartigen Gebilde zu thun haben, dem Ampullen und Bogengänge auf alsbald zu beschreibende Weise aufsitzen. An einer Stelle zeigt sich ganz circumscript eine weisse, rundliche Otolithenmasse im Gehörbläschen eingeschlossen. Das ist die Krystallmasse des Steinsacks, dessen Histologie ich in meiner letzten Abhandlung ausführlich behandelt. Schon nach dem Herausheben der Columella wird dieselbe durch das Foramen ovale sichtbar. Der Theil des Gehörbläschens, welcher diese Masse einschliesst, liegt also demselben gegenüber, während die übrigen abgewandt liegen. Es fragt sich nun, sind die häutigen Theile wie bei den anderen Thieren und bei dem Menschen nach den schönen Rüdinger'schen Befunden, d. h. excentrisch in dem Gehäuse befestigt? Ich kann diese Frage nicht mit voller Bestimmtheit für alle Theile bejahen, allein ich glaube es. Ueber allen Zweifel lässt es sich für die Bogengänge, als wahrscheinlich für das Gehörbläschen, weniger sicher für die Ampullen hinstellen. Die Bogengänge liegen entschieden excentrisch (Taf. XXVI. Fig. 3 b.), jedoch ist der perilymphatische Raum, also der zwischen Periost und häutiger Wand des Bogengangs, viel geringer, wie bei den höheren Thieren. Das Verhältniss ist nicht so ganz leicht zu constatiren, weil die Gänge bei Schnitten sich ausserordentlich leicht mit dem Periost ablösen und dann central belegen, fast den ganzen Raum auszufüllen scheinen. In Betreff der Ampullen fehlen mir nähere Beobachtungen, was dagegen das Gehörbläschen betrifft, so möchte ich glauben, dass ein Raum zwischen demselben und der äusseren Wand des Gehäuses sich befindet, dasselbe also der inneren Schädelwand genau anliegt. Es schien mir beim Freilegen der häutigen Theile vom Foramen ovale aus, als könne ich das Messer ein wenig in die Höhle des Gehäuses vorschieben; bevor ich die vorliegenden häutigen Theile berührte; jedoch ist es nothwendig, um die Excentricität des Gehörbläschens und der Ampullen über jeden Zweifel erhaben hinzustellen, Schnitte in frontaler und in horizontaler Richtung durch den gesammten Gehörapparat zu machen, ein Unternehmen, welches mir niemals geglückt, wahrscheinlich weil ich nur erwachsene Thiere zur Verfügung hatte, an denen die Differenz in der Härte der zu durchschneidenden Theile eine nicht unbeträchtliche ist. Möglich, dass bei jungen Thieren Versuche in dieser Richtung von besserem Erfolge gekrönt sind.

Was die Angaben von Deiters über diese Verhältnisse betrifft, so sind dieselben nur spärlich, jedoch beschreibt er auch einen die ganze Labyrinthhöhle ausfüllenden Sack, Alveus communis, mit den zu ihm gehörenden Enden der Bogengänge und des Steinsacks und hebt hervor, dass derselbe den Wänden so locker anliegt, dass er leicht mit dem Periost herausgehoben werden kann. Von der Befestigungsweise des Periostes auf der ganzen Oberfläche des häutigen Gehörorganes mittelst Bindegewebszellen und von der Excentricität der Theile erwähnt er Nichts. Eingehender ist seine Beschreibung der Lagerung der verschiedenen Abtheilungen des Alveus communis innerhalb der Höhle des Gehäuses, der er die Ansicht von unten her, nachdem er den Boden mittelst eines Schnittes in der Höhe des Foramen ovale abgetragen, zu Grunde legt. Der gegen das Foramen ovale gekehrte Steinsack liegt nach ihm unten und aussen, unten durch eine gelbe Erhabenheit charakterisirt. Nach unten und innen liegt eine unregelmässige, schwärzliche Erhabenheit, die von ihm zuerst mit Sicherheit aufgefundene Schneeke, und unterhalb dieser biegt der hintere halbcirkelförmige Canal in seinen Knochencanal um. Die anderen beiden Bogengänge und Ampullen liegen vorne oben. Der Eintritt des Nerven erfolgt von unten her. In den Theil des Alveus, der keine Otolithen führt, münden die fünf Ansätze der Bogengänge, am höchsten die zusammenstehenden Ampullen des vorderen und horizontalen Canals. Die unteren Enden dieser Canäle münden an entgegengesetzten Stellen, indem das Ende des vorderen halbcirkelförmigen Canals mit dem des hinteren anastomosirt, das Ende des horizontalen Canals aber neben der Ampulle des hinteren Canals liegt.

Dieser kurzen Beschreibung der Lagerung der häutigen Theile kann ich mich im Grossen und Ganzen anschliessen, jedoch halte ich es für wünschenswerth, zum leichteren Verständniss einzelnes nachzutragen, anderes näher auszuführen, und da lege ich wie bisher bei der Beschreibung von Lagerungsverhältnissen die normale Lage des Kopfes zu Grunde.

Beginnen wir mit den Ampullen und Bogengängen. Die Ampullen zeigen dieselbe Gruppirung, wie wir sie beim Menschen und den höheren Thieren finden, zwei stehen zusammen und erheben sich gemeinschaftlich aus dem Gehörbläschen oder dem Alveus communis, wie Dritrns ihn nennt (Taf. XXVI. Fig. 2 *e.* u. *f.*), während die dritte entfernt von ihnen steht. Die beiden zusammenstehenden Ampullen, die unter einem rechten Winkel zu einander gestellt sind (Taf. XXVI. Fig. 5 *b.* u. *o.*), findet man vorne, oben und aussen in dem Gehäuse des Gehörorgans gelagert, und von diesen liegt die eine in einer um ungefähr 40—45^0 aus der horizontalen sich erhebenden Ebene, während die andere um eben solchen Winkel von der sagittalen abweicht. Aus der ersteren erhebt sich der horizontale Bogengang, dem der früher erwähnte Wulst auf der oberen Fläche entspricht (Taf. XXVI. Fig. 4 *d.*), und verläuft bogig nach hinten, unten und innen, um sich dann dicht hinter und oberhalb der alleinstehenden Ampulle in das Gehörbläschen einzusenken (Taf. XXVI. Fig. 2 *d.* u. 6 *k.*). Der Bogengang, welcher sich als sagittaler aus der Nachbarampulle erhebt, verläuft ebenfalls bogig, jedoch hauptsächlich nach innen und etwas nach hinten und unten, um dann mit dem Bogengang der alleinstehenden Ampulle sich zu verbinden (Taf. XXVI. Fig. 2 *b.* u. 6 *h.*). Die alleinstehende Ampulle findet sich am entgegengesetzten Ende des Gehörbläschens nach hinten und etwas nach unten gegen den Boden des Gehäuses hingewandt (Taf. XXVI. Fig. 2 *g.*), und ist als Frontale aufzufassen, jedoch weicht sie auch um einen den anderen entsprechenden Winkel von der betreffenden Ebene ab. Der zu ihr gehörende Bogengang läuft bogig nach innen gerichtet, etwas nach vorne und unten gewandt (Taf. XXVI. Fig. 2 *c.* u. 6 *a.*), und vereinigt sich convergirend mit dem sagittalen Bogengang mit diesem an der der Schädelhöhle zugewandten Fläche, um dann mittelst eines kurzen, gemeinschaftlichen Rohres in das Gehörbläschen einzumünden. Diese Stellung der Ampullen, dieser Verlauf und die schliessliche Einmündung der Bogengänge entspricht so gut wie vollkommen dem Verhalten bei den höheren Thieren, und selbst die Abweichungen von den verschiedenen Ebenen, der horizontalen, frontalen und sagittalen sind dabei übereinstimmend. Es ist demnach nicht vollkommen richtig, wenn wir von einem horizontalen, einem frontalen oder sagittalen Bogengang sprechen. Auch beim Menschen kommen solche Abweichungen von den verschiedenen Ebenen, und zwar constant, vor, wie Henle es in seiner Splanchnologie erwähnt, indem er einen Abweichungswinkel von 40^0 selten mehr, angiebt; der Winkel ist hier also kleiner wie bei den Thieren, bei denen ich freilich nur eine Schätzung und keine genaue Messung vorgenommen

habe. Jedenfalls verdient dieses Verhalten die eingehendste Berück-
sichtigung.

Dies die groben anatomischen Verhältnisse der Bogengänge und
Ampullen, deren histologische Verhältnisse ja Gegenstand eingehender
Erörterung in meiner letzten Abhandlung[1]) waren. Auf das Verhalten
der zu ihnen gehenden Nerven komme ich noch einmal zurück. Was
das häutige Gehörbläschen betrifft, so nimmt dasselbe hauptsächlich
den inneren und unteren Theil des Gehäuses ein, ohne sich damit
innen und oben von der Decke desselben zu entfernen. Es ist ein
länglich elliptisches Säckchen, dessen längster Durchmesser von vorne
nach hinten geht, und dem auf die beschriebene Weise die drei
Ampullen aufsitzen und in das entweder gemeinschaftlich der sagittale und frontale, oder getrennt, der horizontale Bogengang,
mündet. Dieses Säckchen zeigt, dem Foramen ovale zugekehrt,
eine äusserst zarte Wandung, während die der inneren Schädelhöhle zugewandte härter, knorpelig erscheint. Nur ein Theil fällt
auf den ersten Blick dem Beschauer in die Augen, das ist der
schon seit lange beschriebene Steinsack, dessen histologische Structur
ebenfalls Gegenstand meiner letzten Abhandlung war (Taf. XXVI.
Fig. 5 d. u. 6 d.). Es ist ein scheinbar selbständiges Säckchen wegen
der scharfen Grenzcontouren der dasselbe ausfüllenden Otolithenmasse,
allein immer doch nur ein Theil des ganzen Sackes, wie wir alsbald
sehen werden. Er ist gegen das Foramen ovale mit seiner ausserordentlich zarten, vorderen Wandung nach aussen, hinten und unten
gewandt, während die derbere nach innen gegen die Schädelhöhlen-
wand gekehrt ist. Sonst fallen bei oberflächlicher Betrachtung keine
gesonderten Theile auf, und daher kam es, dass selbst sorgsamen Beobachtern, mit Ausnahme Leydig's, in früherer Zeit die weitere complicirte Structur entging. Erst Deiters schaffte hier Licht. Nichts ist er-
klärlicher, als dass die weiteren Theile selbst aufmerksamen Beobachtern
entgingen. Bei der Isolation wird stets das mit dem häutigen Organ
eng verbundene Periost herausgehoben, und dessen Pigmentzellen ver-
decken einen grossen Theil gerade der wichtigsten Verhältnisse. Ein
vollständiges Ablösen gelingt nicht und bei theilweiser Trennung reissen
meistens die feinen Theile; erst die Methode, wodurch, wie früher
schon erwähnt, ein bestimmter histologischer Theil, wie der Nerv, bei
Anwendung der Osmiumsäure gefärbt wird, während die anderen
Theile lichter bleiben, bringt Klarheit, und selbst dann muss man sich
erst durch langwierige mühsame Isolationsversuche vollkommenen Aufschluss über den Zusammenhang verschaffen.

1) l. c.

Sehen wir jedoch zunächst, bevor wir in der Beschreibung weiter gehen, was der eigentliche Entdecker der Schnecke der Batrachier, DEITERS, über die gröberen Verhältnisse dieses Theiles sagt. Eine einfache, längliche Erhebung durch etwas knorpelige Härte und durch schwärzliche Färbung ausgezeichnet, findet sich zwischen den Einmündungsstellen der Bogengänge in den Alveus communis und den Steinsack. Dies ist die Schnecke, die ein integrirender Theil der Vorhofswand ist und mit ihrem ganzen Lumen in das Innere hineinsieht. Sie ist nur wenig über dem Niveau des Alveus erhaben. Es ist eine Art Verdickung der Wandung des Sacks an gewissen Stellen, welche sonst nur zartes Bindegewebe zeigt. Durch die charakteristischen Formen dieser derberen Theile erhalten sie dann eine bestimmte morphologische Bedeutung. Es ist gleichsam ein Knorpelgerüst und der Haupttheil ist die Schnecke, die von einem stark pigmentirten Periost bedeckt ist und aus drei distincten Abtheilungen besteht, dessen beide vordersten der Lagena und dem Knorpelrahmen der Vögel entsprechen, während die dritte jeder Vergleichung die Anhaltspuncte entzieht. Zu diesen Theilen treten drei ungleich grosse Nervenfäden, von denen der eine sich zur Lagena, der zweite zum Knorpelrahmen, der dritte zur accessorischen Abtheilung begiebt. Im Anschlusse an diese Beschreibung giebt DEITERS eine halbschematische Zeichnung des gesammten Gehörorgans, an der es leicht gelingt, sich über die von ihm beschriebenen Theile zu orientiren.

So weit DEITERS. Was nun mich betrifft, so kann ich mich der Beschreibung, wenn auch in wesentlichen Puncten, doch nicht in allen anschliessen und die Differenz liegt wesentlich darin, dass ich die Theile, die DEITERS als in derselben Ebene liegend, zeichnet (siehe seine Fig. 14), als in verschiedenen Ebenen an verschiedenen Wandungen des Gehörbläschens gelagert, beschreiben muss. Ausserdem muss ich noch einen Theil der Schnecke beifügen, dessen DEITERS nur mehr beiläufig Erwähnung thut, und den er als Analogon eines Tegmentum vasculosum aufgefasst sehen will. Die Schnecke besteht also aus vier Abtheilungen, von denen ich die erste als Tegmentum vasculosum, die zweite als den Basilartheil oder Knorpelrahmen, nach DEITERS' Vorgang, die dritte als den Anfangstheil der Schnecke, die vierte als die Lagena bezeichnen möchte. Von diesen Schneckentheilen sind ohne Verletzung des Gehörbläschens nur die drei, mit Ausnahme des Anfangstheiles, sichtbar, letzterer ist theilweise vom Nerven, theilweise von der Lagena bedeckt. Oeffnet man das Gehäuse vom Foramen ovale aus und betrachtet das Gehörbläschen in situ, so entdeckt man etwas oberhalb und nach vorne von der frontalen Ampulle zwischen ihr und der Ein-

mündungsstelle des horizontalen Bogengangs einerseits, und dem
Steinsack andererseits, ausgezeichnet durch etwas stärkere Pigmentanhäufung im Periost, eine oval geformte, leicht gelbliche, flache Erhabenheit und Verdickung der Wand des Gehörbläschens (Taf. XXVI.
Fig. 6 b.), das Tegmentum vasculosum. Weiter nach hinten, unten und
der inneren Schädelwand genähert, begegnet man dahn einem durch
sehr starke Pigmentanhäufung im Periost ausgezeichneten, runden
Theil mit einer kreisförmigen, lichten Stelle in der Mitte, gleichsam
einem Loch. Das ist der Basilartheil, den ich so nenne, weil er der
Träger der Membrana basilaris ist; Knorpelrahmen nennt ihn Deiters.
Es gelingt nicht, weitere Schneckentheile, die der Aussenwand der
Gehörhöhle zugekehrt sind, wahrzunehmen. Die Lagena liegt an der
Fläche des Gehörbläschens, die unmittelbar der inneren Schädelwand
anliegt, demnach nach innen unten und hinten von dem vorigen Theile,
medianwärts von der Ampulle des frontalen Bogengangs (Taf. XXVI.
Fig. 5 e.). Der letzte Schneckentheil, der Anfangstheil, der tiefer in die
Höhle des Gehörbläschens eingebettet und von der Lagena theilweise
bedeckt ist, wird bei der specielleren Beschreibung unsere Aufmerksamkeit in Anspruch nehmen. Er liegt mehr von der Schädelwand
entfernt, gehört aber der Innenwandung des häutigen Gehörbläschens
an und wird daher am besten sichtbar, wenn man die Aussenwand
desselben ablöst. Deiters hat vollkommen Recht, wenn er alle diese
Theile nur als knorpelige Verdickungen der bindegewebigen Wandungen des Gehörbläschens auffasst, es sind Ausbuchtungen, die alle
mit ihrem Lumen in die gemeinschaftliche Höhle des Gehörbläschens
sehen, welches allerdings durch weitere Vorsprünge so mannigfache
noch zu beschreibende Modificationen erleidet, dass man doch von einer
selbständigen Schnecke reden kann. Dies die Theile, die dem unbe-
waffneten, aufmerksamen Auge am Gehörbläschen sichtbar werden
können und ihre Lagerung im knöchernen Gehäuse.

Wenden wir uns jetzt zu der Betrachtung der gröberen Verhältnisse
des an die Theile des Gehörbläschens herantretenden Nerven. Deiters
erwähnt zwei Hauptäste aus dem Stamm des Acusticus, von denen
der eine zum Steinsack und zu den beiden zusammenliegenden Ampullen geht. Der andere spaltet sich nach ihm in vier untergeordnete
Aeste, von denen der eine sich zu der alleinstehenden Ampulle begiebt,
während die übrigen die drei Abtheilungen der Schnecke versorgen.
Dieser Beschreibung kann ich mich vollkommen anschliessen, auch ich
unterscheide zwei Hauptäste, einen Ramus vestibularis, der zum Steinsack zur horizontalen und sagittalen Ampulle geht, während der Nervus
cochlearis die Schnecke und die frontale Ampulle versorgt. Sie treten

von der inneren Schädelwand her ein und verlaufen dicht neben einander gelagert (Taf. XXVI. Fig. 5 g.) zu den ihnen bestimmten Theilen (Taf. XXVI. Fig. 7 a. und 8 a.). Ich habe die Namen im Anschluss an die Verhältnisse bei den höheren Thieren gewählt, obgleich nicht zu verkennen ist, dass die dort herrschende strenge Scheidung hier nicht gilt. Während bei den höheren Thieren der Ramus cochlearis nur die Schnecke mit dem dazu gehörenden Sacculus versorgt, geht er hier auch an die eine Ampulle und auch der Ramus vestibularis geht auch hier zu Theilen, die bei den höheren Thieren nicht von ihm versehen werden. Doch kommt hier das dichte Aneinanderliegen der Theile in Betracht. Die Grenzen sind hier nicht so markirt, wie bei jenen.

Die Verhältnisse des Gehörbläschens und die wechselseitigen Beziehungen der einzelnen Abtheilungen sind ausserordentlich schwer zu ergründen und schwer anschaulich zu machen. Deiters charakterisirt den Raum vollkommen richtig, wenn er sagt, er ist durch Vorsprünge und Leisten in mannichfaltige Abtheilungen getheilt und jede dieser Abtheilungen lasse sich als Analogon der Schnecke auffassen, allein mit den Verdickungen und Vorsprüngen an bestimmten Stellen der Bläschenwandung den Schneckentheilen ist es nicht gethan. Diese müssen wir zunächst von den übrigen Theilen vollkommen abtrennen und einer gesonderten Betrachtung unterwerfen; was dann aber von dem Gehörbläschen übrig bleibt, ist dennoch nicht so ganz einfach, wie es nach der in dieser Beziehung etwas lückenhaften Beschreibung von Deiters hervorgeht. Denken wir uns einmal die verdickten Theile, die wir bisher als Schnecke beschrieben haben, fort, und die Bläschenwandung an der Stelle derselben mit der an den übrigen Orten übereinstimmend, als eine feine, zarte Membran, welche der äusseren Oeffnung dem Foramen ovale zugekehrt ist, so können wir uns die übrigen complicirten Verhältnisse des Gehörbläschens entsprechend den Schemata, welche ich anbei liefere, folgendermaassen einfach vorstellen. Es soll dann meine Aufgabe sein, dieses Schema den Verhältnissen, wie sie sich in Wirklichkeit darstellen, anzupassen.

Fig. 1.

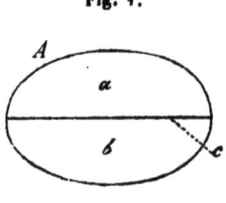

In der Fig. 1 sei A das Bläschen. Dieses ist durch eine Scheidewand c in zwei Räume a und b getheilt, von denen ich jenen als Pars vestibularis s. utriculus, diesen als Pars cochlearis bezeichnen will. Diese Scheidewand c, die, wenn man von der normalen Lage des Gehörbläschens ausgeht, annäherungsweise horizontal gestellt ist, ist nun aber nicht-vollständig. Die beiden Räume sind nicht vollkommen von einander getrennt, wie wir es auf einer Flächenansicht sehen (Fig. 2 g.). In der Mitte des Bläschens erreicht die Scheidewand nicht die Aussenwand und hier communiciren also die beiden Räume mit einander. Nun wird aber der Utriculus durch eine neue Scheidewand, die senkrecht zur vorigen gestellt ist (Fig. 3d.), in einen vorderen und hinteren Raum getheilt, jedoch so, dass sie die entgegengesetzte Wand des Bläschens nicht erreicht, sondern in der Mitte desselben aufhört. Auf dem Querschnitt stellt sich dann das Verhältniss der Pars vestibularis s. utriculus a mit seinen beiden Cavitäten e und f und der Pars cochlearis so, wie ich es in Fig. 4 angegeben habe. Natürlich ist der Schnitt ungefähr der Mitte des Bläschens entnommen. Sehen wir nun, was in den soeben dargestellten verschiedenen Abtheilungen des Gehörbläschens sich findet, so zeigt es sich, dass in der Pars cochlearis der Steinsack

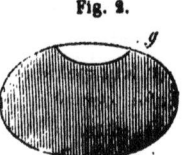

Fig. 2.

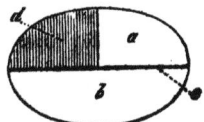

Fig. 3.

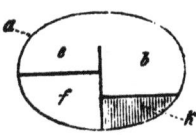

Fig. 4.

und die Schnecke, in der Pars vestibularis die Einmündungsstellen des Bogenapparats und die Macula acustica des Utriculus sich befinden und zwar so, dass die Bogengänge in der gegen das Foramen ovale hin gekehrten Abtheilung Fig. 4 e. münden, während die Ampullen aus dem Raum f hervorgehen, in dem dann auch die Macula liegt. Das Verbindungsglied zwischen den beiden Hauptabtheilungen des Gehörbläschens bildet denn das von mir vorher als Schneckentheil beschriebene Tegmentum vasculosum. Dieses findet sich als Verbindung in der dem Foramen ovale zugekehrten Wandung über den unvollständigen Theilen der Scheidewände. Ich habe es in Fig. 2 mit g bezeichnet. Nachdem ich so die verschiedenen Abtheilungen, namentlich der Pars vestibularis beschrieben, müssen wir noch einen Blick auf die Verhältnisse der Pars cochlearis werfen und damit die schematische Darstellung der complicirten Verhältnisse schliessen. Wir müssen uns dieselbe auch durch eine von der der Schädelhöhle zu-

Fig. 5.

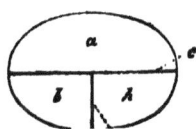

gekehrten Wand sich erhebende frontale Hervorragung, die in Fig. I
und 5 mit *k* bezeichnet ist, und die ebenfalls eine unvollständig
Scheidewand repräsentirt, in zwei Räume getheilt denken, von denen
der eine *h* den Steinsack, *i* den Anfangstheil der Schnecke repräsentir:
Die beiden noch hinzuzufügenden Schneckentheile, die Pars basilari
oder der Knorpelrahmen und die Lagena können wir uns dann in
dem Theil der Wandung des Gehörbläschens und jener der Par:
cochlearis gelagert denken, der gegen das Foramen ovale gekehr
zwischen Tegmentum vasculosum und dem unteren Theil der der
inneren Schädelhöhle zugekehrten Wandung über den Anfangstheil der
Schnecke sich erstreckt. Dies die schematische Darstellung der complicirten Verhältnisse des auf den ersten Blick so einfachen Gehörbläschens.
von der ich hoffe, dass sie das Verständniss der jetzt folgenden Beschreibung des wirklichen Baues erleichtern wird.

Ich beginne zunächst mit der Darstellung des Baues der Pars
vestibularis oder des Utriculus, ein Hohlraum, in den die Bogengänge
und die Ampullen münden. Die beiden zusammenstehenden Ampullen
gehen gemeinschaftlich aus einer cylindrischen Abtheilung des Utriculus
hervor (Taf. XXVI. Figg. 9 *f.* u. 10 *f.*), dessen gegen die Schädelhöhle
gekehrte Wand als ein Theil der Wandung des Gehörbläschens überhaupt und der Pars vestibularis speciell sich darstellt, dessen äussere
Wand (Taf. XXVI. Fig. 9 *g.*) einen halbmondförmigen Ausschnitt (Taf.
XXVI. Fig. 9 *h.*) zeigt, der eine Lücke begrenzen hilft, durch die wir in
die genannte Abtheilung kommen, in der die horizontale und sagittale
Ampulle mündet. Jenseits dieses Ausschnittes geht dieselbe dann in
die äussere Wandung der Einmündungsstelle der Bogengänge über.
Die drei Bogengänge münden, wie erwähnt so, dass die beiden verticalen sich zuerst zu einem cylindrischen Canal (Taf. XXVI. Figg. 9 *c.*
und 10 *a.*) vereinigen. Dieser erweitert sich etwas und nimmt dann
den von hinten und aussen her kommenden horizontalen Bogengang auf
(Taf. XXVI. Figg. 9 *d.* und 10 *e.*). Die äussere Wand dieses gemeinschaftlichen Hohlraumes, der dem Utriculus angehört, vereinigt sich,
wie erwähnt, mit der äusseren Wand des Theiles des Pars vestibularis,
in den die beiden zusammenstehenden Ampullen münden, so dass man
aus den einzelnen Bogengängen in die horizontale und sagittale Ampulle
und auf der anderen Seite durch den Ausschnitt der äusseren Wandung
nach aussen hin gelangen kann. Die der Schädelhöhle zugekehrte
Wandung setzt sich in die entsprechende des Utriculus fort. Das Verhältniss wird nun aber dadurch complicirt, dass ein cylindrisches, sich
verbreitendes Rohr, welches ebenfalls in den Utriculus übergeht und
als Theil desselben aufzufassen ist, sich an die Innenfläche der Ein-

mündung des horizontalen Bogengangs etwas nach unten hin anlegt und zwar so, dass dessen äussere Wand mit der inneren Wand desselben verschmilzt. Wir haben es also mit einem Doppelrohr mit einer gemeinsamen Wandung zu thun (Taf. XXVI. Figg. 9 *de* und 10 *c e*) oder mit einem Rohr, dessen Lumen durch eine Scheidewand in eine äussere und innere Abtheilung zerfallen ist. In die innere Abtheilung mündet die alleinstehende Ampulle, in die äussere also der horizontale Bogengang. Die gemeinschaftliche Wand, die gegen die Vereinigung der beiden verticalen Bogengänge hin mit der inneren Wandung derselben also des Utriculus verschmilzt, zeigt ein im Lumen der Pars vestibularis freies leicht ausgeschnittenes Ende (Taf. XXVI. Fig. 10 *d.*), unterhalb dessen man also in die Ampulle, oberhalb dessen man in die Bogengänge kommen kann. Hier haben wir die unvollständige sagittale Scheidewand des Utriculus. Geht man also von der Stelle aus, wo die beiden zusammenstehenden Ampullen münden, und hält sich mehr an die innere Wand, so kommt man in die frontale Ampulle, hält man sich dagegen an die äussere Wand, so geräth man in die Bogengänge. Der Utriculus ist demnach ein gegen die zusammenstehenden Ampullen hin ungetheilter, cylindrischer Hohlraum, der eine Lücke zeigt, durch die man in das Innere gelangen kann (Taf. XXVI. Fig. 9 *h.*) und welcher nach hinten mittelst eines Septum in zwei Räume geschieden ist. An der inneren Wandung des Utriculus, dem ausgeschnittenen Rande des sagittalen Septum gegenüber erhebt sich eine zuweilen ziemlich stark vorspringende Firste, die ich in Taf. XXVI. Fig. 10 dargestellt, allein sie kann auch nur in Andeutungen vorhanden, sehr niedrig sein. Auf dem Querschnitt (Taf. XXVI. Fig. 12 *h.*) tritt sie am deutlichsten zu Tage und zeigt gleichsam die innere Grenze der Abtheilung der Pars vestibularis an, in der die zusammenstehenden Ampullen münden. In dieser soeben gegebenen Beschreibung der natürlichen Verhältnisse wird man, wenigstens soweit es die sagittale Scheidewand betrifft, glaube ich nicht unschwer das Schema wiedererkennen, welches ich oben gegeben. Nun kommen aber die wesentlichsten Abweichungen. Nach dem vorhin Gesagten könnte es scheinen, als sei die äussere Wand des Utriculus auch überall die äussere Wand des gesammten Gehörbläschens. Dies ist aber streng genommen nicht der Fall. In der Umgebung des Einschnitts in der äusseren Wand, der die Lücke, welche ich Apertura utriculi nennen will, begrenzen hilft (Taf. XXVI. Fig. 9 *h.* u. Taf. XXVII. Fig. 27 *e.*) befestigt sich eine zarte Membran (Taf. XXVII. Fig. 27 *b.*), die sich alsbald verdickt und in den Schneckentheil übergeht, den ich als Tegmentum vasculosum bezeichnet habe. Bei der Beschreibung der Pars cochlearis werde ich ausführlich auf diesen

Theil zu sprechen kommen. Jenseits der Befestigungsstelle dieser zum Tegment gehörenden Membran begegnen wir also erst der Wandung des Utriculus als äussere Wand des gesammten Gehörbläschens. Abgesehen von dieser Verbindung der Pars cochlearis mit dem Utriculus lehnen sich dieselben so aneinander an, dass die untere Wand der Pars vestibularis zugleich als Wandung für einen Theil der Pars cochlearis und zwar des Anfangstheils der Schnecke und des Steinsacks dient (Taf. XXVII. Figg. 29 *d. f.*, 25 *g.* und 26 *e.*). Die gemeinschaftliche Wandung ist die horizontale Scheidewand meines Schema's, und da wir es beim Utriculus überall mit einem geschlossenen Raum zu thun haben, der nur an einer Stelle eine Oeffnung zeigt, über die sich die Pars cochlearis in ihrer einen Abtheilung wie ein Dach hinüberwölbt. so wird sie auch nur an dieser selbständig auftreten können, wie ich es in meinem Schema mittelst der Ausbuchtung anzudeuten gesucht habe. In der That ist dies der Fall.

Bevor ich mich zur Histologie des Utriculus wende, möchte ich noch einen Blick auf den zu ihm führenden Nerven werfen, den wir schon unter dem Namen des Nervus vestibularis kennen gelernt haben. DEITERS hat eine exacte Beschreibung der Aeste desselben gegeben. Der Nervenast verläuft in dem der Schädelhöhle zugekehrten Theil der gemeinschaftlichen Wand der Pars cochlearis und des Utriculus in einer leichten Furche, umhüllt von pigmentreichem Periost (Taf. XXVI. Fig. 7 *a.*) und geht dann nach Abgabe eines unteren Astes für den Steinsack (Taf. XXVI. Fig. 7 *b.* Fig. 9 *m.*) in der inneren Wandung des Theils des Utriculus, in den die zusammenstehenden Ampullen münden, weiter. Bevor er sich jedoch hier in seine Endäste für die erwähnten beiden Ampullen theilt, deren Verhalten und Verlauf ich schon in meiner Abhandlung: »Die Histologie des Bogenapparates und des Steinsacks der Frösche«[1]) beschrieben habe, giebt er einen kurzen, ziemlich dicken Nervenzweig nach oben an eine leichte, ampullenartige Erweiterung des Utriculus dicht hinter der Ampullenmündung (Taf. XXVI. Figg. 7 *c.* und 9 *k.*). Diese Erweiterung mit sammt dem Nerven ist schon von DEITERS gesehen; zu gleicher Zeit erwähnt er aber einer ähnlichen an der Insertionsstelle der Enden des vorderen und hinteren halbcirkelförmigen Canals, welche zu entdecken mir niemals geglückt ist, obgleich ich auch keine Quelle der Täuschung für DEITERS angeben kann. Er beschränkt sich freilich nur auf die blosse Erwähnung, ohne namentlich auf das histologische Detail näher einzugehen. Der Recessus wird auch, wie die einzelnen Theile der Schnecke, von verdichtetem Bindegewebe umgeben und bildet eine

[1]) l. c.

elliptische Schale, die unten etwas eingeschnürt, oben aber weiter ist. Diese kleine Erweiterung, die ich an Deiters anschliessend Recessus utriculi nennen will, ist von dem grössten Interesse und muss von allen Theilen der Pars vestibularis unsere Aufmerksamkeit am meisten auf sich ziehen.

Die Wandung des Utriculus besteht aus demselben Gewebe, dem wir schon so oft bei den verschiedensten Thieren im Gehörorgane begegnet sind. Es gehört seiner Entwickelung nach in die Classe der Bindesubstanzen und zeigt sich als homogenes Gewebe, in dem bei den Fröschen nur noch spärlicher, wie bei den höheren Thieren, spindelförmige Zellelemente von den mannigfaltigsten Formen und Grössen eingesprengt sind (Taf. XXVI. Figg. 12 c. und 13 a.). An dem Theil der Wandung, welche der Schädelhöhle zugekehrt ist, ist das Gewebe etwas dicker, wie an den entgegengesetzten, äusseren Parthien und setzt sich gegen das Lumen des Utriculus mit einem schmalen Basalsaume ab, der dieselbe Dicke wie in den Ampullen hat. Bekleidet wird die Wand von einem einfachen, niedrigen Pflasterepithel, welches unregelmässig polygonal (Taf. XXVI. Fig. 15 a.) mit ziemlich grossen, rundlichen oder länglich runden, auch wohl spindelförmigen Kernen und kleinen Kernkörperchen in seinem Aussehen sich eng an das anschliesst, welches ich aus den Bogengängen und Ampullen beschrieben habe. Auch die Grösse ist gleich. Mit Ausnahme des Recessus habe ich nirgends Abweichungen in der Form des Epithels gesehen. Es zieht sich sowohl in die Wandungen der Bogengänge wie in die frontale Ampulle und bekleidet auch die Wandungen der Apertura utriculi. Hier habe ich jedoch einer Eigenthümlichkeit Erwähnung zu thun. Während die Aussenfläche der Wandung der Pars vestibularis niemals eine Epithelbekleidung zeigt, sondern wie bei den Ampullen und Bogengängen mit dem Periost durch dichter oder minder dicht gedrängt stehende Bindegewebszellen verbunden ist, bekleiden die Pflasterepithelzellen auch den Theil der äusseren Wandfläche, der innerhalb der Anheftungsstellen der zarten Membran des Tegmentum vasculosum in der Umgebung der Apertura utriculi liegt (Taf. XXVII. Fig. 27 c.).

Bietet so der Utriculus überall dasselbe histologische Aussehen, so wird das Bild in dem Theil, der als Recessus beschrieben worden ist, verändert. Wir sahen an dieser elliptischen Einsenkung, wie überall an den Theilen, zu denen Nerven treten, die Periostbekleidung einen ausserordentlichen Reichthum an Pigmentzellen besitzen. Eine dunkle, rundliche Zellanhäufung, die im lebenden Zustande eine leicht gelbliche Färbung darbietet, eine Macula acustica, zeigt sich im Recessus, von ganz demselben Aussehen, wie ich es von dem Steinsack beschrieben

(Taf. XXVI. Fig. 11 b.). Der an diese Macula herantretende kurze, dicke
Nervenast (Taf. XXVI. Fig. 11 a.) strahlt so wie dort in Bündel getheilt
gegen dieselbe aus, und tritt in die Wandung ein, wo wir ihn alsbald
weiter verfolgen werden. Die Wandung des Utriculus verdickt sich
allmählich in der Nähe des Recessus, die Gefässe, die sonst ausserhalb
liegen, verlaufen jetzt in der Mitte des Gewebes (Taf. XXVI. Fig. 12 d.
während der Basalsaum seine Dicke unverändert behält. Mit der Veränderung in der Dicke der Wandung geht noch eine Veränderung im
Epithel Hand in Hand. Das Pflasterepithel welches an den übrigen
Orten den Utriculus auskleidet (Taf. XXVI. Fig. 12 i.), nimmt allmählich
an Höhe zu und wird cylindrisch (Taf. XXVI. Fig. 14 b.). Auch der
Kern verliert seine Lage. Lag er früher im Grunde der Zelle, so rückt
er jetzt allmählich empor und an der Grenze der dunklen Zellen-
anhäufung der Macula acustica, liegt er in der Mitte derselben. Das
Epithel des Gehörflecks selber lässt schon auf Flächenansichten zwei
Zellformen erkennen, denen wir auch im Steinsacke begegnet sind.
Grössere, dunkle, in der Mitte oft mit einem glänzenden Pünctchen
versehen, umgeben von kleineren, rundlichen, deren Zahl sich nicht
mit Sicherheit feststellen lässt. Ein Querschnitt giebt uns vollkommenen
Aufschluss, dass wir es auch hier wieder mit denselben Formen des
Epithels zu thun haben, die wir bei den verschiedensten Thieren an
den verschiedensten Orten, wo die Fasern des Acusticus sich ausbreiten, getroffen haben. Wir haben es auch hier wieder mit von Zahnzellen umgebenen Stäbchenzellen, von derselben Form und Grösse,
wie die, welche ich aus den Ampullen und dem Steinsack beschrieben,
zu thun. Die Stäbchenzellen (Taf. XXVI. Fig. 13 f.) zeigen auch hier
wieder die schon so oft besprochenen einzelnen Theile, den im Grunde
in einer bauchigen Anschwellung liegenden Kern, die obere, ver-
schmälerte Zellparthie (Taf. XXVI. Fig. 13 g.), die mit einem freien
Basalsaume (Taf. XXVI. Fig. 13 h.) endet, aus dem ein langes, spitz
auslaufendes Haar (Taf. XXVI. Fig. 12 g.) hervorgeht. Es sind äusserst
leicht vergängliche und veränderliche Gebilde ohne ausgeprägte Zellmembran, ebenso die sie isolirenden Zahnzellen (Taf. XXVI. Fig. 13 b.),
deren Kern im Grunde der Zelle am Basalsaume liegt (Taf. XXVI.
Fig. 13 k.), und deren Protoplasmakörper an der Stelle der bauchigen
Auftreibung der Stäbchenzelle eine Einschnürung zeigend, sich bis an
das Niveau des Basalsaumes derselben emporstreckt. In dieses Epithel
hinein begeben sich die Nervenfäserchen und hier ist es mir wieder
geglückt, den Zusammenhang mit den Stäbchenzellen nachzuweisen
(Taf. XXVI. Fig. 13 d.). Nachdem der zur Macula gehende Nervenast
(Taf. XXVI. Fig. 12 a.) in die knorpelige Wandung eingetreten in ein-

zelne Bündelchen zerfallen ist, lösen diese sich in ihre einzelnen
Fasern auf, die mehr oder minder schräg die Knorpelsubstanz durch-
setzend, auch leicht gewunden (Taf. XXVI. Fig. 13 c.), ohne Theilung
und ohne Verbindungen einzugehen, bis nahe unter den Basalsaum
verlaufen. Zeigten sie bis dahin ein doppeltcontourirtes Aussehen,
welches an Alkoholpräparaten weniger deutlich zu Tage tritt, so verlieren sie jetzt ihren doppelten Contour und bekommen das Aussehen
blasser Nervenfäserchen, ohne dass ich damit glaube, dass diese einer
zarten Scheide gänzlich entbehren, da ich auch hier wieder das allmäh-
liche Verschwinden der doppelten Contouren und das Verschmelzen
des äussersten Randcontour mit dem Contour der blassen Nervenfaser
sehen konnte. Dicht unter dem Basalsaume biegen die Fasern, indem
sie während ihres schrägen Verlaufs etwas über den Bereich des
Nervenepithels hinübergetreten sind, bogenförmig gegen dasselbe um
(Taf. XXVI. Fig. 12 b.), ohne damit Endschlingen zu bilden und durch-
setzen dann einzeln den Basalsaum, um ins Nervenepithel zu treten.
Hier nehmen sie zwischen den Zahnzellen oftmals einen längeren Verlauf, um dann erst aufzusteigen und bilden auch hier wieder gleichsam
einen intraepithelialen Plexus, theilen sich aber nicht und gehen auch
keine Anastomose ein, sondern begeben sich jede für sich an das untere
Ende einer Stäbchenzelle. Es glückt natürlich nur äusserst selten, den
Zusammenhang zu constatiren, das Hineintreten der Nervenfasern ins
Epithel lässt sich dagegen leicht nachweisen, verhältnissmässig leicht
auch der fadenartige Fortsatz der Stäbchenzelle, der sich in seinem
Aussehen in Nichts von dem der blassen Nervenfaser unterscheidet.

Auf dem Nervenepithel ruht nun noch ein Gebilde, eine glashelle
Membran, über deren wahre Natur ich jedoch nicht zu einem vollstän-
digen Abschlusse gelangt bin. Es ist mir nicht gelungen, eine Entscheidung darüber zu treffen, ob wir es mit einer einer Membrana tectoria
ähnlichen Bildung oder mit einer Otolithenmasse zu thun haben, die
bei der Behandlung mit bestimmten Reagentien sich verdichtet und die
Otolithen fahren lässt, wie ich das von der Otolithenmembran des
Steinsacks vermuthet. Es ist ausserordentlich schwierig, darüber zur
Klarheit zu kommen. Bei der Herausnahme des Gehörorgans ist eine
Zerrung der Theile, sei sie auch noch so gering, nicht zu vermeiden,
und sie genügt schon, um in dem Steinsack den lockeren Zusammenhang der Otolithen mit ihrer Matrix aufzuheben und zu bewirken, dass
sie sich nach allen Orten im Gehörbläschen vertheilen und durch die
Apertura utriculi selbst in die Ampullen und Bogengänge dringen. Da
ist es denn selbst bei der günstigsten Präparation nicht leicht zu sagen,
ob wir, wenn wir der glashellen Membran der Macula acustica des

Utriculus Otolithen aufgelagert finden, es mit Bildungen aus dem Steinsack oder mit eigenen Krystallisationen in der Membran zu thun haben.
Künftigen, glücklicheren Forschern mag die Entscheidung vorbehalten
sein. Namentlich in Osmiumsäure stellte sich die aufgelagerte, helle
Masse stets homogen mit Eindrücken von der verschiedensten Form, in
die die Haare der Stäbchenzellen hineinragten, versehen, dar. Je nach
dem Grade der Einwirkung traten sie bald stärker, bald schwächer
zu Tage.

Dies der Bau der Pars vestibularis und ich wende mich jetzt zu
der Betrachtung der Pars cochlearis, der zweiten Abtheilung des
Gehörbläschens in meinem Schema. An dieser, welche man, obgleich es auf dem ersten Blick nicht so scheint, bei eingehender
Untersuchung als selbständiges Bläschen ansehen muss, können wir
zum leichteren Verständniss der schwierigen Verhältnisse, wie ich
es schon früher andeutete, eine äussere dem Foramen ovale, und eine
innere der Schädelhöhle zugekehrte Wandung unterscheiden, die schon
in ihrem äusseren Aussehen Differenzen darbieten, ohne dass damit
eine strenge Scheidung an bestimmten Puncten durchzuführen wäre.
Es findet ein ganz allmählicher Uebergang statt. Der äusseren Wand
gehören, wie früher erwähnt, das Tegmentum vasculosum, die von
Leydig[1]) zuerst entdeckte Pars basilaris oder der Knorpelrahmen und
die Lagena der Schnecke an, die alle als Verdickungen derselben an
bestimmten Stellen zu betrachten sind, während der übrige Theil der
Wandung als äussere Decke des Steinsacks zu betrachten ist. Die
innere Wand wird dann von einem eigenthümlichen Schneckentheil,
dem Anfangstheil und dann von der Macula acustica des Steinsacks
eingenommen. Die zuerst genannten Theile lassen sich wegen der
ausserordentlichen Zartheit des Theils der Wandung, welcher zum
Tegmentum vasculosum gehörend, sich in der Umgebung der Apertura
utriculi befestigt und desjenigen Theils, der die äussere Decke des
Steinsacks bildet und die Verbindung mit dem Anfangs- und den übrigen
Schneckentheilen vermittelt, leicht isoliren und zur Seite schlagen, wie
das in Fig. 8 (Taf. XXVI.) geschehen ist, wo die mit b, c und g be-
zeichneten Theile die isolirbaren Abtheilungen sind. Somit bleiben
dann der Wand des Utriculus anhaftend und unter einander zusammen-
hängend, die Macula acustica des Steinsacks und der Anfangstheil
zurück.

Der Bau des Steinsacks ist schon in meiner letzten Arbeit[2]) Gegenstand ausführlicher Beschreibung gewesen, und ich habe derselben

1) Lehrbuch der Histologie.
2) l. c.

nur Weniges hinzuzusetzen, soweit es eben die Verbindungen mit den
benachbarten Theilen betrifft. Der verdickte Theil der Wand in der
Umgebung der Macula acustica, in der die Nervenausbreitung stattfindet, und auf deren Aussenfläche sich wieder eine starke Pigment-
zellenanhäufung im Perioste findet, ist dort mit der Inneren Wandung
des Utriculus verwachsen, wo wir die Apertura auftreten sehen
(Taf. XXVI. Fig. 9 *m.*) und lehnt sich somit auf der einen Seite an die
Wand derjenigen Abtheilung der Pars vestibularis, in der die zusammenstehenden Ampullen münden, während sie nach der Seite der
freistehenden Ampulle, also nach hinten, in die Wandung des Anfangstheiles der Schnecke übergeht. Der freie Rand der verdickten Parthien
des Steinsacks, wie er durch Isolation in Fig. 9 Taf. XXVI. dargestellt
ist, geht in eine ausserordentlich zarte Membran über, die als äussere
Umhüllung der Otolithenmasse auftritt und mit dem Tegmentum vasculosum sowohl, wie mit den übrigen Schneckentheilen in Verbindung steht. Die Knorpelnatur der der Schädelhöhle zugekehrten Wand
des Steinsacks verliert sich allmählich, um in die zarte Umhüllungsmembran überzugehen, die dem Foramen ovale zugekehrt, den Schall-
schwingungen den geringst möglichen Widerstand leistet. Die histologische Structur ist schon früher besprochen. Die Abgrenzung zwischen
der Umgebung der Macula acustica des Steinsacks einerseits, dem
Schneckentheil und dem Utriculus andererseits, wird an den der
Schädelhöhle zugekehrten Wänden durch Einschnürungen oder Furchen
gebildet. Die gegen den Anfangstheil ist am tiefsten, so dass hier derselben entsprechend eine Scheidewand zu Stande kommt, wie ich sie
schematisch in der Fig. 5 (Taf. XXVI.) gezeichnet. Dieselbe erreicht
nicht die gegenüberstehende Wand, und somit ist es möglich, aus der
Vertiefung, in der die Macula liegt, in den Anfangstheil zu gerathen.

Ich wende mich jetzt zur Beschreibung der einzelnen Theile
der Schnecke und zuerst zum Anfangstheil, welcher der unteren
Wand des Utriculus fest anhaftend, nicht wie die anderen Abschnitte,
leicht isolirbar ist. Deiters[1]) hat denselben zuerst entdeckt, allein was
die Lagerung desselben betrifft, so kann ich mich mit seiner Zeichnung
durchaus nicht einverstanden erklären, und ich glaube überhaupt nach
den kurzen Andeutungen, die er darüber gegeben, kaum, dass er denselben in Verbindung mit den übrigen so gesehen hat, wie er es abbildet, und dass seine Figur in dieser Beziehung durchaus schematisch
ist. Der Theil kommt nur dann zu Gesicht, wenn man die übrigen
Schneckenbestandtheile mit der vorderen Wand des Gehörbläschens
abgehoben hat. Die gröberen Verhältnisse beschreibt er kurz folgender-

1) L.cv.1 -tal rv.nw dom.

maassen : »Es ist eine länglich ovale Schale. Ein mittlerer Wulst trennt
dieselbe in zwei ungleich grosse Hälften. deren grössere dem Steinsack zunächst liegt. Ueber diesen Wulst tritt der verhältnissmässig
grosse Nervenzweig, der sich dann theilt und zu jeder der beiden
Hälften herabtritt. Diese kurze , Beschreibung ist vollkommen zutreffend, wenn auch nicht genügend. Es ist allerdings eine ovale
Schale, deren Längsdurchmesser von vorne nach hinten verläuft
(Taf. XXVI. Fig. 9 o. u. 17,. Ueber die Oeffnung derselben zieht sich eine
Brücke von unten nach oben (Taf. XXVI. Figg. 9 n. und 17 a.) in der
der zu diesem Schneckentheile gehende Nervenast eingeschlossen ist
(Taf. XXVII. Fig. 26 a.,. Da diese Brücke nicht genau im kleinsten
Durchmesser der ovalen Eingangsöffnung der Schale verläuft, so wird
dieselbe in eine hintere, kleinere und in eine vordere, grössere Abthei-
lung geschieden (Taf. XXVI. Fig. 17 d. k.,. Dieser Anfangstheil der
Schnecke erstreckt sich von der Einmündungsstelle der frontalen Ampulle bis ungefähr zur Mitte der Apertura utriculi und ist, wie gesagt,
mit seiner oberen Wand vollkommen mit der unteren des Utriculus
verschmolzen, so dass man auf successiven Querschnitten (Taf. XXVII.
Figg. 25, 26 und 28) constant an der oberen Fläche der Scheidewand das Epithel des Vestibulartheils zu Gesicht bekommt (Taf. XXVII.
Figg. 25 g, 26 c, 28 f.). Wir werden auf diese Beziehungen alsbald ausführlicher zu sprechen kommen. Die Tiefe der Schale ist nicht überall
gleichmässig, sie nimmt successive von vorne nach hinten gegen die
frontale Ampulle hin ab, wie es sich leicht an Querschnitten (Taf. XXVII.
Figg. 25, 26 und 28) und an Flächenansichten (Taf. XXVI. Fig. 17 k.)
constatiren lässt. Steigen in der grösseren Abtheilung die Wände überall
steil aus dem Boden in die Höhe, so verflacht sich namentlich die hin-
terste Wandung in der kleineren Hälfte ausserordentlich und liegt mit
dem Boden fast in einer Ebene. Die Dicke der Wandungen ist auch
durchaus nicht überall die gleiche, weder in der kleineren, noch in der
grösseren Abtheilung. Der Boden zeigt sich dünn und sehr durch-
scheinend (Taf. XXVI. Fig. 17 d. und Taf. XXVII. Fig. 25), nimmt dagegen unter der Brücke etwas an Dicke zu, um sich darauf in der
kleineren Abtheilung zu verdünnen. Die Wandung, die dem Anfangstheil mit dem Utriculus gemeinschaftlich ist, zeigt sich dicker wie der
Boden, jedoch nimmt auch diese gegen die Brücke hin an Dicke zu,
um dann unmittelbar hinter derselben in der kleinen Abtheilung
den grössten Durchmesser zu erreichen, und sich ziemlich plötzlich
gegen die hintere Wandung hin zu verdünnen. Die der Utricularwand
gegenüberstehende Wandung nimmt vom Boden ab allmählich an Dicke
zu (Taf. XXVI. Fig. 15 a.), jedoch findet sich unter d—

grösste Durchmesser mehr in der Nähe des Bodens (Taf. XXVII. Fig. 26), verdünnt sich dagegen ausserordentlich rasch in der kleineren Abtheilung (Taf. XXVI. Fig. 17 k. u. Taf. XXVII. Fig. 28 e.). Der Durchmesser der Wandung steht in einer gewissen Beziehung zur Ausbreitung des Nerven. Ueberall dort, und das gilt für alle Theile des Gehörorgans der Batrachier, wo Nerven sich ausbreiten, gewinnt dieselbe ihre grösste Dicke, daher sich auch das Gehörbläschen in den Theilen, die der Eintrittsstelle der Nerven durch die innere Schädelwand zugekehrt sind, am resistentesten erweist. Was die Höhe der Wandungen betrifft, so nimmt diese successive von der grösseren Abtheilung gegen die kleinere hin ab. Die Brücke geht mit einer leichten Verbreiterung in die Utricularwandung des Anfangstheiles über. Durch die obere Wand mehr an den Boden sich haltend, ziehen einzelne Gefässe (Taf. XXVII. Fig. 20 h.). Die Masse der dem Boden des knöchernen Gehäuses anliegenden Wand der Schale geht in der grösseren Abtheilung ziemlich plötzlich, in der kleineren, entsprechend dem schon vorhandenen geringeren Durchmesser, mehr allmählich in eine äusserst zarte Membran über, die den Anfangstheil der Schnecke, theils mit der benachbarten Abtheilung derselben, theils mit der zarten Membran des Steinsacks verbindet und somit als Theil der dem Foramen ovale zugekehrten dünnen Wandung anzusehen ist.

Was die Structur der Wandungen der Schale betrifft, so ist sie ganz dieselbe wie an den bisher beschriebenen Theilen des Gehörbläschens. Wir haben auch hier wieder die homogene Masse mit eingestreuten, spindelförmigen Zellen und eingelagerten Gefässen oder wahrscheinlich nur in die Substanz eingegrabenen Blutcanälen, die sich gegen das freie Lumen der Schale mit einem Basalsaume (Taf. XXVII. Fig. 21 b.) von der früher angegebenen Dicke absetzt. Diesem Saume sitzt nun ein Epithel auf, welches unsere grösste Aufmerksamkeit vom vergleichend anatomischen Standpuncte aus in Anspruch zu nehmen geeignet ist, und welches in drei verschiedenen Formen als Pflasterepithel, als cylindrische Zahnzellen und als Stäbchenzellen auftritt. Von der zweiten Form möchte ich dann noch die Zahnzellen der Papilla acustica abtrennen. Als Papilla acustica bezeichne ich diejenige Stelle der Wandung der Schale, in der der Nervenast sich ausbreitet, und die von dem alsbald zu erwähnenden Nervenepithel bekleidet ist. Zu diesen Zellformen, denselben aufliegend, kommt dann noch die Membrana tectoria.

Das Pflasterepithel ist vollständig dasselbe wie im Utriculus. Niedrige, leicht granulirte Zellen, mit dem Kern im Grunde, unregelmässig polygonal, bekleiden den Boden, die untere Wand der

Schale Taf. XXVII. Fig. 25 b. und ziehen sich an der grösseren Abtheilung auch ein kleines Stück an der oberen Wand empor, um dann
wegen der Papille eine Unterbrechung zu erleiden. Sie setzen sich darauf
meistens wieder im äusseren Theil derselben fort Taf. XXVII. Fig. 25 f.
Dort, wo sich die Brücke über den Anfangstheil hinüberschlägt, ist die
obere Wand ohne Pflasterepithelüberzug, dagegen bekleidet es die
unteren Parthien der Innenseite der Brücke (Taf. XXVII. Fig. 26 g.,
während die oberen von andersartigen Zellen bedeckt werden. Auch
in der kleineren Abtheilung bleibt der grösste Theil der oberen Wandung frei, jedoch ziehen diese Zellen eine kleine Strecke vom Boden
empor und treten wieder in den äussersten Parthieen auf (Taf. XXVII.
Fig. 28 d.). Die Fortsetzung der knorpeligen Wandung der Schale, die
äusserst zarte Membran, die die Verbindung mit den benachbarten
Theilen vermittelt und zur äusseren Decke des Gehörbläschens gehört.
ist ebenfalls von den Pflasterzellen bekleidet (Taf. XXVI. Fig. 17 b.;
jedoch nehmen sie hier etwas an Durchmesser zu, und bekommen ein
etwas regelmässiger polygonales Ansehen. Die Membran geht dadurch
aus dem Knorpel hervor, dass die homogene Intercellularsubstanz ab-
nimmt, die Zellen spärlicher und spärlicher werden und schliesslich
nur in weiten Zwischenräumen zu finden sind. Da der Anfangstheil
der Schnecke bis zur Mitte der Apertura utriculi ragt und die untere
Wand dieser Lücke, wie ja überhaupt die untere Wandung der Pars
vestibularis beiden Theilen gemeinsam ist, so wird man an dieser Stelle
aus der Höhlung der Schale in den Utriculus gelangen können. Dieser
Theil der Wandung muss also gleichsam als unvollständige Scheidewand zwischen den beiden sonst von einander abgeschlossenen Hohlräumen emporragen. In der That ist dies der Fall und es bekundet
sich schon in den Epithelverhältnissen. Wir sehen an dieser Stelle das
Epithel des Utriculus über die obere Wand in die grössere Abtheilung
der Schale hineinziehen (Taf. XXVII. Fig. 25 f.), während das mit dem
jenseits der Apertur gelegenen Reste des grösseren Abschnittes und
der kleineren Hälfte, wo beide Räume von einander abgeschlossen sind,
nicht der Fall ist (Taf. XXVII. Fig. 28). Zwischen der Pflasterepithelbekleidung der oberen Schalenwandung und der des Utriculus
Taf. XXVII. Fig. 28 f.) findet also hier kein Uebergang statt. A priori
sollte man annehmen, dass dasselbe mit der Brücke der Fall sein
würde, da auch sie sich jenseits der Apertura findet, und dennoch
sehen wir auf der äusseren Fläche derselben (Taf. XXVII. Fig. 26 b.)
das charakteristische Pflasterepithel auftreten. Diese Erscheinung ist
indessen leicht aufzuklären. Wir wissen, dass im weiteren ▮▮▮
der Apertura utriculi an der äusseren Wand eine zarte ▮▮▮

anheftet, die dem Tegmentum vasculosum angehört (Taf. XXVII. Fig. 27b.) und sahen, dass die Theile der Aussenwand, die innerhalb der Anheftungsstelle dieser Membran liegen, mit Pflasterepithelzellen bekleidet waren (Taf. XXVII. Fig. 24 e.). Da nun die Anheftung sich auch jenseits der Brücke gegen die frontale Ampulle hin findet, so ist es erklärlich, dass dieselbe mit in den Bereich der von Epithel bekleideten Wand gezogen wird. Ein Uebergang dieses Epithels (Taf. XXVII. Fig. 25 b.) in das des Utriculus kann aber auf Querschnitten nicht sichtbar werden, weil die beiden Räume der Schale und der Pars vestibularis an dieser Stelle vollkommen abgeschlossen sind.

So weit die Pflasterepithelauskleidung, und ich wende mich jetzt zu der Betrachtung der anderen Formen. Deiters, der die Pflasterzellen einfach mit dem Namen des indifferenten Epithels belegt, erwähnt der anderen auch nur ganz kurz und sagt anlässlich der Nervenfasern, dass dieselben an cylindrische der Wand innen ansitzende Zellen stossen, an welchen er bis dahin keine haarförmigen Fortsätze wahrnehmen konnte. Sie sind nach ihm gross, haben einen trüben Inhalt und einen grossen runden Kern. Ihre Ansatzstelle soll einen etwas erhabenen Wulst an der inneren Oberfläche der Wand bilden. Deiters giebt dann eine Abbildung dieser Verhältnisse in seiner Fig. 16, jedoch nur eine Flächenansicht und keinen Querschnitt.

Was nun meine Befunde betrifft, die weit entfernt sind, alle einschlägigen ausserordentlich schwierigen Verhältnisse zum Abschluss gebracht zu haben, so gehen sie weiter wie die Deiters'schen und weichen in wesentlichen Puncten von seinen Angaben ab. Wir haben es, wie erwähnt, mit drei Zellformen, mit Zahnzellen aus der Umgebung der Papilla acustica und mit Zahnzellen und Stäbchenzellen innerhalb derselben zu thun, die alle drei den Cylinderzellen angehören. In der grösseren Abtheilung nehmen die vom Boden an der oberen Wand emporsteigenden Pflasterzellen (Taf. XXVII. Fig. 25) eine andere Form an. Wie in der Nähe der Macula acustica des Utriculus und des Steinsacks werden sie allmählich höher, ihr Kern rückt gegen die Mitte der Zelle empor und wir bekommen allmählich schöne, helle, glasklare, durchsichtige Cylinderzellen, die sich in ihrer Form in Nichts von den aus der Schnecke der Vögel beschriebenen, der Membrana tectoria zur Anheftung dienenden Zahnzellen jenseits der Papilla spiralis unterscheiden (Taf. XXVII. Fig. 23 b.). Nicht immer stellen sie sich so ausserordentlich glashell und klar dar, am häufigsten habe ich sie so an Alkoholpräparaten gesehen, während sie sich in Osmiumsäure und Müller'scher Flüssigkeit etwas veränderten und ein dunkles, granulirtes Aussehen annahmen. Diese Zellen werden denn von einer dunklen Epithelmasse abgelöst,

die den Pflasterzellen gegenüber sich papillenartig erhebt und die, wie
Deiters erwähnt, der etwas verdickten Wandung aufsitzen. Diese
Masse der Papilla acustica wird dann jenseits wieder durch die soeben
erwähnten Zahnzellen fortgesetzt (Taf. XXVII. Fig. 25 f.). Sie bekleiden
auch noch die oberen Parthieen an der Innenwand der Brücke
(Taf. XXVII. 26 f.) und hier werden sie oft auf ähnliche Weise sichtbar.
wie Deiters es abbildet, als glashelle übereinander liegende Zellen-
reihen. Sie ziehen sich dann ebenfalls in die kleinere Abtheilung der
Schale hinein und bekleiden hier sowohl vorne, wie hinten die obere
Wand (Taf. XXVII. Fig. 28 c.).

' Sie werden, wie gesagt, durch die Zellenmasse der von mir sogenannten Papilla acustica unterbrochen. Was diese betrifft, so bin ich
über ihre Form und ihre Ausdehnung nicht vollkommen ins Klare gekommen. Es ist mir weder durch Flächen- noch durch Querschnitte
gelungen, ein Gesammtbild derselben zu construiren. Die Schwierigkeiten, die sich einem entgegenstellen, sind nicht gering zu achten,
und ich muss es zukünftigen Forschern überlassen, in diesen interessanten Puncten mehr Licht zu schaffen, wie es mir gelungen. Das
Reagens, welches am günstigsten für eine Entscheidung sein würde,
die Osmiumsäure, die die Zellmasse der Papille intensiver färbt, wie
ihre Umgebung, hat mich hier theilweise im Stich gelassen, der Anfangstheil liegt so tief im Gehörbläschen, dass die Flüssigkeit hierher
zuletzt dringt und nicht mehr mit voller Intensität wirken kann.
Alkohol und Müller'sche Flüssigkeit machen auch häufig die umgebenden Zellen so dunkel und granulirt, dass die Grenzen der Papille sich
ausserordentlich verwaschen darstellen und auch die gewöhnlichen
Methoden der Tinction führen keine sichere Unterscheidung herbei.
Ich kann nur ein ungefähres Bild der Verhältnisse geben. Da die obere
Wand, der die Papilla acustica anhaftet, nicht eine ebene Fläche, sondern leicht nach oben gekrümmt ist (Taf. XXVI. Fig. 17), so muss die
Papille dieser Krümmung folgen. Ihre stärkste Biegung bekommt sie
aber, indem sie etwas auf die Seitenwandungen hinübergreift. Zu
gleicher Zeit liegt die Papille nicht überall in gleicher Entfernung vom
Boden der Schale, wie es Querschnitte, theilweise auch Flächenschnitte
am besten zeigen. Unter der Brücke und zu beiden Seiten derselben
ist die grösste Erhebung vom Boden und zwar in dem Grade, dass die
Papille eine kleine Strecke der Innenfläche der Brücke einnimmt
(Taf. XXVII. Fig. 26 e.), senkt sich jedoch auf beiden Seiten mehr
gegen den Boden und erreicht denselben am ehesten
Abtheilung, ohne jedoch auf ihn überzugehen.
(Taf. XXVII. Fig. 18) bestätigt dies allein, wenn ich

die Breite der Papille an verschiedenen Stellen machen soll, so können die aus den angeführten Gründen, weil eben die Grenzen sich nicht deutlich zeigen, nur lückenhaft sein. Es ist mir vorgekommen, als nehme der Durchmesser der Papille continuirlich von der grösseren bis zur kleineren Abtheilung hin ab, jedoch bin ich keineswegs überzeugt, dass spätere Untersuchungen diese Anschauung bewahrheiten werden und die Fig. 18 (Taf. XXVII.) wird vielleicht noch einigen Modificationen unterworfen werden müssen. Das Verhalten muss also einstweilen in suspenso gelassen werden.

So wenig ich nun über die Form der Papille ins Klare gekommen bin, so deutlich ist es mir gelungen, die histologischen Charaktere des Epithels derselben nachzuweisen. Wir haben auch hier wieder dasselbe Verhalten wie bei den Cristae acusticae der Ampullen, den Maculae acusticae des Utriculus und des Steinsacks. Stäbchenzellen abwechselnd mit Zahnzellen. Es ist nicht ein einfach haarloses Cylinderepithel, wie Deiters es beschreibt. Schon eine Flächenansicht (Taf. XXVII. Fig. 19) giebt uns Aufschluss über die beiden Zellformen. Dunklere, grössere Zellen mit einem hellen, lichten Pünctchen, dem Ausdruck des Haares in der Mitte (Taf. XXVII. Fig. 19 b.), umgeben von kleineren, helleren Zellen, deren Zahl ich nicht genau feststellen konnte. Die Zellgrenzen der Zahnzellen sind wegen Mangels einer Zellmembran undeutlich, während die Contouren der Stäbchenzellen, die wahrscheinlich eine äusserst zarte Membran besitzen, schärfer sich abheben. Ein Querschnitt belehrt uns vollends, dass es die gleichen, schon oft beschriebenen Gebilde sind. Die unten bauchig angeschwollenen Stäbchenzellen (Taf. XXVII. Fig. 24 e.), gegen das freie Lumen hin mit einem Basalsaume (Taf. XXVII. Fig. 24 f.) abgesetzt, der sich in ein spitzes, leicht gekrümmtes Haar (Taf. XXVII. Fig. 24 g.) auszieht. Der grosse, runde Kern mit Kernkörperchen im Grunde der Zelle, gegen den Basalsaum der Knorpelwandung hin ein kleiner, auf kürzere oder längere Strecke isolirbarer Fortsatz, von dem Aussehen eines blassen Nervenfädchens, das Ganze isolirt durch die Zahnzelle der Papilla acustica mit ihrem nahe am Basalsaume liegenden, den unteren Theil der Zelle fast ganz ausfüllenden Kern.

Bevor ich auf das letzte Gebilde des Anfangstheils der Schnecke, die Membrana tectoria, eingehe, möge es mir gestattet sein, die Nervennisse einer näheren Betrachtung zu unterwerfen. Der Nervennervus cochlearis begiebt sich, an der Unterfläche der Schale in die Knorpelbrücke (Taf. XXVI. Fig. 17 a.) und durch seinen doppeltcontourirten Fasern als ungetheilter Fig. 26 a.). An der oberen Wand angekommen,

spaltet er sich alsbald in zwei Aeste (Taf. XXVI. Fig. 17 f., Taf. XXVII.
Fig. 20 b. u. c.), die als dunkle, allmählich spitz auslaufende Streifen
in der oberen Wandung sichtbar werden. Der für die grössere Abtheilung bestimmte Ast (Taf. XXVII. Fig. 20 c., hat einen mehr gerade
gestreckten Verlauf und zerfällt alsbald in einzelne Bündel, während
der für die kleine Abtheilung bestimmte (Taf. XXVII. Fig. 20 c.) bis
gegen sein Ende hin als ein sich verschmälernder Zweig zu erkennen
ist, der namentlich gegen den Boden hin Fasern abgiebt, die theilweise
senkrecht gegen denselben verlaufen, theilweise nach innen gegen den
Verbreitungsbezirk des Astes der grösseren Abtheilung sich hinschlagen.
Diese Art und Weise der Nervenausbreitung kann ich nicht mit meinen
bisherigen Anschauungen der Form der Papilla acustica zusammen-
reimen, und weil ich glaube, dass die Nervenfasern nicht weit über
den Bereich des Nervenepithels gehen, so möchte hauptsächlich aus
diesem Grunde die vorhin gegebene Beschreibung nicht ganz stichhaltig
sein. Die einzelnen Nervenbündelchen zerfallen nun alsbald in einzelne Fasern, die gegen den Basalsaum der Wandung der Schale auf-
steigen und mehr oder minder dicht unter diesem ihr doppeltcontourirtes
Aussehen verlieren und auf dieselbe Weise in blasse Fäserchen über-
gehen, wie ich es an anderen Orten beschrieben. Auch bei. diesen
Fasern bin ich geneigt, eine äussere äusserst zarte Scheide anzunehmen.
Dieselben durchbohren dann auch hier einzeln den Basalsaum, theilen
sich nicht und gehen auch keine Verbindungen mit einander ein, bilden aber auch hier gleichsam einen intraepithelialen Plexus, um sich
dann wahrscheinlich an das untere Ende der Stäbchenzellen zu begeben. Mit vollkommener Sicherheit habe ich an dieser Stelle die Verbindung nicht nachzuweisen vermocht, wenn mir auch Bilder zu Gesicht kamen, die dafür sprachen. Zweifle ich wegen der vollkommenen
Uebereinstimmung im Bau des Nervenepithels mit dem anderer Orten
auch keineswegs an der Verbindung der Stäbchenzellen mit den blassen
Nervenfäserehen, so bedarf es für diese Stelle doch noch eines speciellen
Nachweises.

Ich wende mich nun zu einem der interessantesten Gebilde in der
Schnecke der Batrachier, der Membrana tectoria, worüber uns DEITERS
zuerst Aufklärung gegeben. Er beschreibt dieselbe sowohl als zum
Anfangstheile der Schnecke, wie zum Knorpelrahmen gehörig folgendermaassen: »Sie scheint den Zellen der beiden Standorte vollkommen.
anzuliegen, jedoch so locker, dass man niemals Spuren ihres Be-
festigungsortes sieht. Sie ist ausserordentlich schwer präparirbar. Es
ist wie bei den Vögeln, eine helle, glänzende Glasmembran, die wohl
mehr als eine Cuticularmembran aufzufassen ist. Sie schei........

Chromsäure und chromsaurem Kali. Meist ist sie gefaltet und aufgerollt und zeigt die Verhältnisse schwer. Es ist eine lange, dünne, nicht überall gleichmässig gebaute Membran. Die vordere Parthie erscheint an den Rändern in radiäre Falten gelegt, die eine fast kreisförmige Peripherie beschreiben. Hier ist die Membran mehr homogen und nur sparsam mit Löchern versehen, die nach innen von den Falten im ganzen mittleren Theil der Membran zunehmen. Man hat ein einfaches Maschennetz rundlicher Löcher von schmäleren oder breiteren glänzenden, hyalinen Balken umgeben. Nach hinten nehmen die Oeffnungen wieder an Grösse ab, und man erhält wieder eine homogene aber minder glänzende Parthie, die eigenthümlich fein gestreift ist. Der andere grossfaltige Theil scheint Deiters dem Knorpelrahmen anzugehören. Die Membran soll in der Mitte eine Krümmung machen, um in den Anfangstheil der Schnecke zu kommen, jedoch nahm Deiters sie nur in der grösseren der beiden Abtheilungen wahr.

Auch bei diesem Theil bin ich noch nicht zum vollkommenen Abschluss gekommen und ist auch hier für kommende Untersuchungen ein reiches Gebiet von höchstem Interesse für die vergleichende Anatomie und Physiologie des Gehörorgans. Ich stimme Deiters vollkommen bei, wenn er sagt, dass es schwierig sei, diesen Theil zu conserviren und vor allen Dingen in der normalen Lage zu erhalten. Letzteres ist mir weder auf Flächen- noch auf Querschnitten vollständig gelungen, so dass ich kein endgültiges Urtheil darüber abzugeben vermag, wie weit die Membrana tectoria reicht und ob sie, wie es mir jedoch wahrscheinlich ist, über die Papilla acustica bis an die Grenzen der Zahnzellen in deren Umgebung reicht. So viel jedoch ist sicher, dass die Membran in der ganzen Ausdehnung der Papilla acustica deren Epithel unmittelbar aufliegt. Es ist mir jedoch nie gelungen, die Deiters'schen Angaben zu bestätigen, dass dieselbe nämlich in die Pars basilaris hineinrage, sondern ich habe sie immer nur auf den Anfangstheil beschränkt gefunden, ohne dass damit ein ganz gleiches Gebilde, wie wir alsbald sehen werden, dem Knorpelrahmen fehlte. Dieselbe ist auch nicht blos auf die grössere Abtheilung beschränkt, sondern reicht, so weit das Nervenepithel geht, auch in die kleinere Hälfte hinein, und zwar läuft sie unter der Brücke weg (Taf. XXVI. Fig. 17 e u. i.). Mit der Beschreibung, welche Deiters dann von der histologischen Structur gegeben, kann ich mich auch nicht ganz einverstanden erklären und auch die Form seiner Membran stimmt nicht ganz mit der von mir gefundenen überein. Bei der Isolirung des Anfangstheils hebt sich die Membran oft an einer Stelle etwas von dem Epithel ab, und man bekommt sie ▬▬▬▬▬▬▬▬▬▬▬ zu Gesicht. Man sieht dann, wie sie

sich nach den beiden äussersten Enden hin etwas verschmälert
(Taf. XXVI. Fig. 17 e u. i.), dagegen unter der Brücke ihre grösste Breite
gewinnt; doch findet die Abnahme an Breite schneller in der kleinen, wie
in der grösseren Abtheilung statt. Es scheint dann ferner, als ob unter
der Brücke sowohl nach oben, innen, wie nach unten Aufsätze auf
der Membran sich fänden, von denen der eine dem Nervenepithel unter
der Brücke, der andere den Zahnzellen an der Innenwand derselben
aufsässe. Isolirt man jedoch die Membran, was mir nur in äusserst seltenen Fällen gut gelungen ist (Taf. XXVII. Fig. 22), so bemerkt man, dass
von dem breitesten Theil der unter der Brücke liegt, ab die Membran
in einer leichten Krümmung zungenförmig in die grössere Abtheilung
sich erstreckt, und dann mit einer leichten Verbreiterung abgerundet
endet. Der Theil dagegen, der in der kleineren Hälfte der Schale liegt,
spitzt sich plötzlich mit abgerundeten Seitenflächen zu. Ueber den
unter der Brücke gelegenen Theil bin ich nicht ganz ins Reine gekommen, und mag es wohl daher rühren, dass die Membran, worüber
auch schon Deiters klagt, sich in Falten legt, was bei dem längeren
Verlaufe von der Innenfläche der Brücke auf das Nervenepithel der
oberen Wand noch mehr befördert wird, und so sieht man wenigstens
die beiden Anhänge, deren ich vorhin erwähnte, und die ebenfalls eine
mehr dreieckig zugespitzte Gestalt besitzen, gegen einander gebogen,
den einen durch die Masse des anderen durchschimmern. Es ist mir
niemals, trotz öfterer darauf gerichteter Bemühungen gelungen, diese
beiden dreieckigen zusammengefalteten Anhänge auseinander zu
bringen. Vergleicht man die soeben beschriebene Form der Membrana
tectoria dieses Schneckentheils mit der Form der Papilla acustica, so
wird man leicht auf dem ersten Blick die starke Abweichung erkennen,
und das hat auch mich in dem Gedanken bestärkt, dass die Membran
auf den Zahnzellen jenseits der Papille ruht und an ihnen befestigt ist.
Was die histologische Structur betrifft, so trifft Deiters' Beschreibung
derselben als einer glashellen, glänzenden Membran vollkommen zu.
Ich habe keine Gelegenheit gehabt, sie im frischen Zustande in Serum
zu untersuchen, so dass ich über ihre wirkliche Consistenz nichts aus-
zusagen vermag, es standen mir nur Osmiumsäure und Alkoholpräparate
zu Gebote. Diese zeigten sie ziemlich derb und schwer zerreissbar.
Ueber die Dicke der Membran vermag ich leider noch keine sicheren
Angaben zu machen, jedoch ist es mir vorgekommen, als ob der Theil,
der unter der Brücke und in der kleineren Abtheilung liegt, einen
grösseren Durchmesser als der in der grösseren Abtheilung besitzt.
Auch das Aussehen ist insofern different, als die Durchsichtigkeit der
Membran durch mehr oder minder stark ausgeprägte Granulationen an

diesen Stellen getrübt ist. Ueber die Oberfläche derselben ziehen
Streifen, die an den verschiedenen Orten verschieden angeordnet sind,
jedoch an keiner Stelle gänzlich fehlen. Sie sind nicht, wie wir es an
der entsprechenden Membran der Vögel so ausgezeichnet sehen, genau
parallel angeordnet, sondern verlaufen mehr oder minder unregelmässig,
über den in der grösseren Hälfte liegenden Theil transversal, in dem
etwas verbreiterten abgerundeten Ende, wie es Deiters in der entsprechenden Stelle zeichnet, radienartig convergirend. Auf der unter
der Brücke gelegenen Abtheilung der Membran sind die Streifen nur
undeutlich ausgeprägt und verlaufen ebenso wie über den Theil, der
in der kleineren Hälfte liegt, fast wirtelartig angeordnet in Bogen.
So scharf ausgeprägt concentrisch und in einem so starken Bogen, wie
Deiters es von dem anderen Ende zeichnet, habe ich jedoch die Streifen
nicht laufen sehen. Während die beiden Enden der Löcher nicht ganz
entbehren, wie Deiters es annimmt, die nur sparsamer und weniger
ausgeprägt sind, nehmen dieselben dagegen an Schärfe ihrer Contouren
und an Zahl gegen die Mitte der Membran zu, jedoch sind sie unregelmässig angeordnet und nur mühsam lässt sich eine der Streifung entsprechende Anordnung herausbringen, und das auch nur da, wo dieselben wie in der grösseren Abtheilung der Schale stärker ausgeprägt
sind. Die Löcher haben einen verschiedenen Durchmesser und eine
verschiedene Form, klein und gross finden sie sich dicht neben einander, neben schön rundlichen, unregelmässige, selbst eckige Formen,
häufig solche, die ein dreieckiges Aussehen besitzen. Bei stärkerer
Vergrösserung stellen sich die Löcher als die Mündungen von schief in
die homogene Masse eingebetteten Gruben dar, die mit ihrem blind-
sackigen Grunde eine Art Kuppel darstellen (Taf. XXVII. Fig. 21). Die
schiefe Stellung des Eindrucks in der Substanz ist mehr oder minder
ausgeprägt. Gelingt es an Querschnitten durch das Epithel der Papilla
acustica die Membrana tectoria so ziemlich in ihrer Lage zu erhalten,
so bemerkt man wie der Rand der Oeffnung dem Basalsaume der
Stäbchenzellen aufruht und das Haar in die Grube hineinragt, deren
Schiefrichtung sich nach der verschiedenen Schiefstellung der einzelnen
Haare richtet. An den zwischen den einzelnen Eindrücken auf der
Oberfläche verlaufenden Leisten ist es mir nicht gelungen, Eindrücke
der Zahnzellen wahrzunehmen.

Dies der Bau des so eigenthümlich gestalteten Organs des Anfangstheils, der ein integrirender Bestandtheil der inneren Wandung des
gesammten Gehörbläschens ist, und ich wende mich jetzt zur Beschreibung derjenigen Theile, die der äusseren Wand desselben angehören,
Theile, die sämmtlich schon von Deiters zur Schnecke gerechnet wur-

den. Die äussere Wandung des Gehörbläschens, die zum Theil durch die
äussere Wand des Utriculus gebildet wird und theilweise knorpelig erscheint, theilweise aber auch als äusserst zarte Membran in der Umgebung
der Apertura utriculi beginnt (Taf. XXVII. Fig. 27 b.) und sich nun über
den Anfangstheil der Schnecke und die Macula acustica des Steinsacks
hinüberschlägt, zeigt, wie erwähnt, an bestimmten Stellen knospelartige
Verdickungen, die eine bestimmte Form besitzen und diese wollen wir
jetzt einer näheren Betrachtung unterwerfen, und unter denen zuerst
das von mir sogenannte Tegmentum vasculosum. Deiters erwähnt desselben, wie ich schon früher sagte, nur als eines kleinen Anhangs zum
Knorpelrahmen als einen Recessus mit stark entwickelten Capillargefässen und einem Epithel, welches ihm in seinem Aussehen sehr dem
Epithel des Tegmentum vasculosum bei den Vögeln zu gleichen schien.
Die in der Umgebung der Apertura utriculi entspringende äusserst zarte
Membran, die sich ja auch über den Anfangstheil der Schnecke hinüber-
erstreckt, zeigt dieselben histologischen Charaktere, wie die oberhalb
der Macula acustica des Steinsacks, was nicht zu verwundern ist, da
sie ja beide Theile der äusseren Gehörbläschenwand sind. Die Epithelbekleidung besteht aus Pflasterzellen, die in ihrer Form mit den an
anderen Orten übereinstimmen, nur dass sie hier etwas grösser und
regelmässiger polygonal sind. Die Membran geht oberhalb der Apertura
utriculi und dem Anfangstheil der Schnecke in einen schalenförmig
gekrümmten Theil über, der schräg von oben und vorn, nach hinten
und unten sich erstreckend der frontalen Ampulle sich nähert, wie ich
es schon früher erwähnt. Diese mit ihrer Convexität nach aussen
sehende Schale ist das Tegmentum vasculosum (Taf. XXVI. Fig. 6 b.).
Die Schale ist oval und an ihren Rändern (Taf. XXVII. Fig. 31 a.) haftet
die eben erwähnte zarte Membran. Sie bildet gleichsam eine Decke
über der Apertur und dem Anfangstheil der Schnecke. Das auf der
Aussenwandung mittelst der bekannten Bindegewebszellen festhaftende
Periost zeigt hier nur sparsame Pigmentzellen. Ein besonderer Reichthum an Capillargefässen, wie Deiters es erwähnt, ist mir nicht auf-
gefallen, doch standen mir keine injicirten Präparate zu Gebote. Die
Wandung, die in der Mitte am stärksten ist (Taf. XXVII. Fig. 29), nimmt
allmählich gegen die Ränder der Schale ab und verliert sich in die
dünne Membran. Es ist hier dasselbe Verhältniss wie beim Steinsack.
Die Wand ist knorpelartig und zeigt histologisch keine Differenzen von
den verdickten Stellen an anderen Orten des Gehörbläschens. Der
Basalsaum fehlt auch hier nicht, und diesem sitzt ein Epithel auf,
welches schon bei der Betrachtung von der Fläche Unterschiede von
allen anderen bisher beschriebenen Zellformen zeigt. Das Aussehen

nähert sich dem der Zellen des Tegmentum vasculosum der Vögel. Es ist ein gelblich gefärbtes Epithel, bestehend aus einzelnen unregelmässig polygonalen, ziemlich hohen Pflasterzellen (Taf. XXVII. Fig. 29 a. und 30), deren Zellgrenzen nur schwer zu erkennen sind. Im Grunde besitzen sie einen grossen, meistens rundlichen, dunkel granulirten Kern mit kleinem Kernkörperchen. Das Protoplasma der Zellen ist leicht körnig getrübt. Am besten lassen sich die Zellen mit denen der gelben Pigmentflecke aus den Ampullen des Frösches vergleichen.

Nach dieser Betrachtung des sogenannten Tegmentum vasculosum wende ich mich zu dem folgenden Schneckentheil, der ebenfalls der äusseren Wandung des Gehörbläschens angehört, der Pars basilaris oder dem von Deiters sogenannten Knorpelrahmen, dessen Lagerungsweise ich schon früher angedeutet. Nach unten und hinten gewandt, liegt er am Uebergange der äusseren in die innere Wand, dicht unterhalb und an der frontalen Ampulle, ausgezeichnet durch den Pigmentreichthum des seine Aussenfläche bedeckenden Periostes und dadurch, dass durch seine Masse in das Innere eine rundliche Oeffnung zu führen scheint, die schon dem blossen Auge bei aufmerksamer Betrachtung nicht entgehen wird. Deiters hat diesem Theil eine etwas ausführlichere Betrachtung gewidmet, die ich jetzt in ihren wichtigsten Sätzen folgen lassen will: »Es ist ein kreisrunder Ring mit einem rundlichen oder etwas länglichen Lumen. Der Rahmen hat ein äusseres und ein inneres Lumen. Es ist ein gleichmässiger Ring, bei dem man nicht wie bei den höheren Thieren von zwei constituirenden Schenkeln sprechen kann. Die Oeffnung wird von einem Periostbeleg verschlossen. Die Schnecke ist hier ein integrirender Bestandtheil des Vorhofs geworden, in dessen Raum sie so unmittelbar übergeht, dass nicht einmal ein Verschluss durch eine einem Tegmentum vasculosum entsprechende Bildung stattfindet. Eine membranöse Verbindung des Lumens des Knorpelrahmens, also eine Membrana basilaris, oder gar eine Lamina spiralis giebt es nicht mehr. Die specifischen Theile sind auf einen Epithelbeleg des inneren Raumes des Rahmens reducirt, der dem folgenden Theile, der Lagena zunächst charakteristische Formen zeigt. An der Stelle, wo ein einfaches, feines Nervenfädchen zu dem Knorpelrahmen tritt, sieht man längliche, cylindrische Zellen der inneren Oberfläche aufsitzen, an denen auch Haare wahrgenommen werden können. Im Uebrigen besitzt die innere Fläche des Rahmens ein einfaches Epithel kleiner rundlicher Zellen, welche zuweilen etwas granulirt sind. Das feine Nervenfädchen besitzt bis fast zur Grenze der inneren Wand doppeltcontourirte Fasern, die sich zuspitzend ihren dunklen Contour verlieren und mit feinster Spitze an der Grenze unmittelbar gegenüber einer der Haarzellen zu enden scheinen. In diese Abtheilung der Schnecke ragt dann noch ein Theil der Lamina fenestrata, die Deiters im Frosche zuerst und namentlich im Anfangstheil der Schnecke entdeckte.«

So weit die Deiters'sche Beschreibung, die wiederum ein Zeugniss der seltenen Beobachtungsgabe ihres Autors zeigt, ohne dass damit doch der Gegenstand, was auch keineswegs seine Absicht war und sein konnte, da er wesentlich nur Anregungen zu neuen Forschungen geben wollte, erschöpft wurde.

Wie alle in dieser Abhandlung ausführlicher beschriebenen Abtheilungen ebenfalls nur eine Verdickung der Wand des Gehörbläschens an einer bestimmten Stelle sieht die Pars basilaris in die Höhle des Bläschens und wird auf der Aussenfläche desselben sichtbar. Lag der Anfangstheil der Schnecke an der inneren Wand, so befindet sich dieser Theil demselben gerade gegenüber, an der äusseren und unteren Wand, mit demselben durch eine zarte Membran, welcher die Fortsetzung der unteren Wand des Anfangstheils der Schnecke darstellt (Taf. XXVI. Fig. 17 b.) in Verbindung. Der Knorpelrahmen mitsammt dem Tegmentum vasculosum lässt sich leicht durch Zerreissen des Theils der äusseren Wandung, der sich über die Macula acustica des Steinsacks wölbt, und sich an die der Verbindung mit dem Anfangstheil entgegengesetzte Wandung der Pars basilaris inserirt (Taf. XXVII. Fig. 31 b.), zurückschlagen (Taf. XXVI. Fig. 8 c. g.), so dass man die Innenfläche zu Gesicht bekommt. Sie werden gleichsam wie eine Thür um die Angel, um die untere Wand des Anfangstheils zurückgeklappt, was eben nur auf Grund der Zartheit der verbindenden Membran möglich ist. Man bekommt auf diese Weise auch den Anfangstheil in seiner ganzen Ausdehnung zu Gesicht. Nicht so leicht ist die Verbindung, einerseits mit dem Tegmentum vasculosum, andererseits mit der Lagena zu trennen, doch ist Letztere aus später zu erklärenden Gründen etwas lockerer. Eine leichte Einschnürung, in der reichliche Bindegewebszellen zur Verbindung mit dem an dieser Stelle reichlich mit Pigmentzellen versehenen Periost sich finden, kennzeichnet schon äusserlich die Grenze zwischen Tegmentum und Pars basilaris, die bei der Betrachtung von der Innenfläche noch dadurch sich deutlicher markirt, dass sich zwischen beiden eine unvollständige Scheidewand, eine Firste erhebt (Taf. XXVII. Fig. 31 h. und Taf. XXVIII. Fig. 33), die sich besonders auf Längsschnitten deutlich darstellt (Taf. XXVIII. Fig. 39 d. und 41 g.), und die man als Theil der Wand dem Knorpelrahmen zuzählen kann. Eine ähnliche Erhebung (Taf. XXVIII. Fig. 32 e.), die als die entgegengesetzte Wand des Basilartheils anzusehen ist, bildet die

Grenze zwischen diesem und dem folgenden Theil, zwar seit minder breiter, wie die erstere Taf. XXVIII. Fig. 39 e. und 41 e . So kann man aus einem Schneckentheil in den anderen kommen. Wenn nur Dutrus den Knorpelrahmen als mit einem Loch in der Mitte versehen beschreibt, so dass man aus dem perilymphatischen Raume zwischen der knöchernen Wand des Gehörbläschens und seiner Form und der äusseren des häutigen, in das Innere desselben gelangen kann, so ist das gewiss nicht richtig, wenn auch der versch. ... Theil. ausserordentlich zart ist. Das bei oberflächlicher Betrachtung kaum zu Tage tretende und die Pars basilaris charakterisirende Loch ist von einer äusserst zarten Membran, der Membrana basilaris. ... Taf. XXVIII Fig. 32 g., 33 d. und 36 d. . Sie ist straff an der Peripherie der Lücke der Knorpelwandung ausgespannt, zerreisst leicht. Hast son ... bei einiger Vorsicht im Präpariren leicht zu Gesicht bringen. Man kann die Sache folgendermaassen auffassen. Während an der äusseren Wandung des Gehörbläschens an einer bestimmten Stelle nur der knorpelig verdickt, bleibt die äusserst zarte Membran an der Mitte des Ringes unverändert. Ihre Anheftungsstellen liegen der äusseren Oberfläche des Basilartheils viel naher, und somit haben wir es nun hier mit einem schalenartigen Organ zu thun, dessen Wände stark verdickt, knorpelartig sind, während der Boden durch eine feine Membran gebildet wird. Die Knorpelwandungen des Rahmens fallen nun nicht überall gleich steil gegen die den Boden bildende Membrana basilaris ab. Der Theil der Wand, der die Grenze gegen das Tegmentum tuberculosum bildet Taf. XXVIII. Fig. 34 d., 35 g. und 39 d. fällt steil gegen den Boden ab, während die entgegengesetzte Wand, die die Grenze gegen die Lagena bildet, allmählich emporsteigt, abgeflacht erhebt jedoch auch nicht überall gleichmässig. Am weitesten erweist von der Theil, der die zarte Verbindungsmembran mit dem Anfangstheil der Schnecke trägt, dessen Masse ein kurzer starker Nervenast durchsetzt Taf. XXVIII. Fig. 33 b., während der dem Nerven entgegengesetzte Theil des Knorpelrahmens Taf. XXVIII. Fig. 33 e. sich mehr und mehr verflacht Taf. XXVIII. Fig. 33 e. . Dies Verhältniss wird anschaulich wenn auf Quer- Taf. XXVIII. Fig. 34 u. 35 und Längsschnitten Taf. XXVIII. Fig. 44 d., deutlich. Auf diesem weniger starken Ast ... der Wandungen gegen die Membrana basilaris zu bestimmen, so sorglos es dass man an successiven Querschnitten der zuerst die Knorpel vollkommen ungetrennt findet, während von zuerst an einem von ander zeige wie es bei der Schnecke der Vögel die Regel ist, so nur gegen und im der Lagena wieder vereinigte Knorpel hatten, die zum der Membrana basilaris verbunden wurden. Ein Bild, wie es Fig. 45 Taf. XXVIII

darbietet, erinnert aufs Lebhafteste an die früher bei den Vögeln [1]) ge-
schilderten Verhältnisse.

Der histologische Bau der Pars basilaris bietet auch mancherlei
interessante Puncte, und schon bei der Structur der Knorpelwandungen
treffen wir auf Eigenthümlichkeiten, die den gleichartigen Theilen an
anderen Orten fehlen. Die gegen das Tegmentum vasculosum gewandte,
steil abfallende Wand des Rahmens zeigt vor allem eine zarte, radiäre
Streifung (Taf. XXVIII. Fig. 33 a., 34 u. 35 a.), die schwerlich in einer
Faserung ihren Grund hat, sondern in einer eigenthümlichen Anordnung der auch hier in einer homogenen Intercellularsubstanz eingebetteten spindelförmigen Zellen. Deiters hat in seiner Fig. 12
auch eine Andeutung dieses Verhaltens gegeben. Während sie an den
anderen Theilen des Knorpelrahmens und den übrigen verdickten
Stellen des Gehörbläschens (Taf. XXVIII. Fig. 35 b.) mehr unregelmässig
in der Substanz verstreut liegen, ordnen sie sich hier in Reihen und
senden ihre Ausläufer in radiärer Richtung aus. Diesen möchte ich
dann die feine Streifung der Wandung zuschreiben. Dort, wo sich die
Membrana basilaris an den Knorpel anheftet, zeigt dieser eine scharfe
Leiste, die rings um die Peripherie herumzieht. Gegen das freie Lumen
ist der Knorpel auch hier wieder mit einem zarten Basalsaum von früher
angegebener Dicke abgesetzt, und dieser zeigt nun höchst interessante
Beziehungen zur Membrana basilaris, die auch mit Bezug auf die in
meiner Abhandlung: »Beiträge zur Entwickelung der Gewebe der
häutigen Vogelschnecke« [2]) dargelegten entwickelungsgeschichtlichen
Verhältnisse der Membran von weittragender Bedeutung sein möchten.
Die Membrana basilaris ist hier nämlich nichts Anderes als die Fortsetzung des Basalsaumes, dem an dieser Stelle die knorpelige Unterlage
fehlt. Das Verhalten ist nichts weniger als leicht zu constatiren, und
ich verdanke diese Aufklärung auch mehr einem glücklichen Zufall als
einer besonderen Technik in der Schnittführung. Wegen der ausserordentlichen Zartheit der Membran gelang es mir nur äusserst selten,
einen Querschnitt derselben zu Gesicht zu bekommen, am häufigsten
zeigt sie sich von der Fläche, und nur hie und da gelingt es, wenn die
Membran sich faltet, an optischen Querschnitten über die Dicke der
Membran Aufschluss zu bekommen. Im glücklichen Fall, wie Fig. 36
(Taf. XXVIII.) einen darstellt, sieht man, wie der Basalsaum des
Knorpels in derselben Dicke unmittelbar in die feine Membran übergeht (Taf. XXVIII. Fig. 36) und der optische Querschnitt belehrt uns,
dass die Dicke in der ganzen Ausdehnung dieselbe bleibt (Taf. XXVIII.

---

1) Die Schnecke der Vögel. Diese Zeitschr. Bd. XVII. 1. Heft.
2) Diese Zeitschrift. Bd. XVII.

Fig. 36 *g*.). Die Membran ist wie der Basalsaum vollkommen structurlos
und etwa auftretende Streifen rühren von einer Faltung in der Membran
her. Von der Structurlosigkeit überzeugt man sich am besten, wenn
man den intacten Knorpelrahmen von der Fläche betrachtet, da dann
die Membran in der natürlichen Spannung ist. Querschnitte verwirren
leicht. Der Aussenfläche der Membran haften keine Gebilde irgend
welcher Art an. Anders dagegen die Innenfläche, die eine Zellen-
bekleidung zeigt, worauf ich alsbald zurückkomme. Sahen wir bei den
Vögeln die Basilarmembran sich dadurch entwickeln, dass die embryonalen Zellen des Schneckenrohrs, nachdem sie auf der ganzen Innenfläche einen Basalsaum abgesondert, an zwei Stellen den Knorpel
bildeten, in der späteren Scala tympani aber unter dem Basalsaum
Fortsätze trieben, die sich zusammenlegend, eine elastische Membran
bildeten, an der später fast keine Spur der ursprünglichen Bildungs-
zellen sich findet, so wird auch wohl hier, da wir es mit denselben
Geweben zu thun haben, der Bildungsvorgang ein ähnlicher sein.
Während sich der grösste Theil der embryonalen Zellen zum Knorpelrahmen ausbildet, nachdem sie überall eine Basalmembran abgeschie-
den, verschwindet an einer bestimmten Stelle ein Theil derselben,
ohne unter dem Basalsaume Fortsätze zu treiben, und somit haben wir
statt der aus elastischen Fasern oder Röhren zusammengesetzten Basilarmembran der Vögel eine Membrana basilaris, die aus einer abgeschie-
denen Cuticularmasse besteht. Ich halte mich fest überzeugt, dass eine
nähere Untersuchung des Entwickelungsvorganges bei den Fröschen
ein solches Resultat ergeben wird.

Die Innenfläche des Knorpelrahmens ist bis auf den Theil, der in
den Bereich der Nervenausbreitung fällt, mit einem einfachen Pflasterepithel bekleidet, welches sich noch über die Vorsprünge, einerseits
zwischen Rahmen und Tegmentum vasculosum, andererseits zwischen
Pars basilaris und Lagena, erstreckt. Der Uebergang in die etwas anders gearteten Zellen des Tegments ist ein allmählicher, indem die
Pflasterzellen etwas an Höhe zunehmen und in ihrem Protoplasma
immer mehr granulirt erscheinen. Die Zellen entsprechen vollkommen
denen, die wir von den Wandungen des Utriculus und des Anfangstheils der Schnecke kennen gelernt haben. Sie sind unregelmässig
polygonal (Taf. XXVIII. Fig. 40), leicht granulirt, mit rundem oder
länglich rundem Kern und Kernkörperchen im Grunde. Die Pflasterzellen, die der Fortsetzung der Knorpelwandung den zarten Membranen
zur Verbindung mit dem Anfangstheil der Schnecke und der äusseren
Wand des Steinsacks aufsitzen, haben den Charakter der Zellen der
feinen Membranen des Gehörbläschens überhaupt, sind grösser, regel-

mässiger polygonal und minder granulirt. Dasselbe gilt auch von der
Bekleidung der Innenfläche der Membrana basilaris (Taf. XXVIII.
Fig. 33 d.). Das Epithel ist mir an dieser Stelle vergänglicher erschienen,
wie an anderen Orten. Die Zellen fallen leicht ab, oder das Protoplasma
derselben verschwindet entweder 'ganz oder theilweise, und nur der
Kern bleibt der Membran anhaftend zurück (Taf. XXVIII. Fig. 36 f.).
Hie und da kann es auf den ersten Blick scheinen, als hätte auch die
Aussenfläche eine Epithelbekleidung, allein bei näherer Betrachtung
erkennt man aus den Helligkeitsdifferenzen (Taf. XXVIII. Fig. 36 h.),
dass die Membran Falten geworfen hat und Theile von Zellen oder
ganze Gebilde durch die Falte verdeckt dem Beobachter zu Gesicht
kommen.

Dort, wo der Nerv die Knorpelwandung durchsetzt, ändert das
bekleidende Epithel seinen Charakter, ähnlich wie im Anfangstheil der
Schnecke an der entsprechenden Stelle. Es wird höher, so dass wir
auch hier von einer Papilla acustica sprechen können. Auch hier können
wir drei Zellformen unterscheiden, Zahnzellen aus der Umgebung der
Papilla und Zahn und Stäbchenzellen der Papilla selbst. Wie weit sich
das veränderte Epithel erstreckt, ist mir nicht ganz klar geworden, und
ich möchte diesen interessanten Punct der näheren Betrachtung kom-
mender Forscher empfehlen. Ein Hinderniss für die Beobachtung,
namentlich von der Fläche, bietet der dunkle, den Knorpel durch-
setzende Nervenzweig. Ich halte es für möglich, dass derselbe sich
aus dem Knorpelrahmen über die zarte Verbindungsmembran in die
kleinere Abtheilung des Anfangstheils der Schnecke hineinzieht, und
somit eine Verbindung beider Papillae acusticae zu Stande kommt.
Hie und da sind mir Bilder zu Gesicht gekommen, die für ein hohes
Hinaufsteigen der Zellen der Papille an der Wandung der Pars basilaris
sprechen, allein zu einer endgültigen Entscheidung über eine weitere
Ausdehnung bin ich, wie gesagt, nicht gekommen (Taf. XXVIII. Fig. 33
und 34 c.). Die Form der Papille ist, soweit ich gesehen, die eines
Halbmondes, welcher mit der Concavität gegen die Membrana basilaris
sieht und seine Convexität gegen den Anfangstheil der Schnecke
wendet. Das Epithel der Papille ist ausserordentlich vergänglich und
besonders schwer gelingt es, Querschnitte desselben zu erhalten, da
es sich leicht von der Knorpelwandung ablöst. Wie an den übrigen
Stellen des Gehörbläschens, an denen Nerven ihre Verbreitung
finden, verliert auch hier das Pflasterepithel, wie vorhin erwähnt,
seinen Charakter. Es wird höher und höher und zu gleicher Zeit erhebt sich auch hier der Kern aus dem Grunde, allmählich gegen die
Mitte der Zelle (Taf. XXVIII. Fig. 38 b.), und schliesslich haben wir e:

mit einem ausgeprägten hohen Cylinderepithel, den Zahnzellen aus der Umgebung der Papille zu thun. Das Protoplasma der einzelnen Zellen zeigt sich namentlich bei schwacher Einwirkung der Osmiumsäure und Müller'schen Flüssigkeit mehr oder minder granulirt. Bei Alkohol-präparaten habe ich jedoch hie und da Andeutungen eines Verhaltens, wie im Anfangstheil der Schnecke gesehen, wo ja die Zahnzellen sich als glashelle, vollkommen durchsichtige Cylinder darstellten. Dieses Cylinderepithel wird alsbald von den Zellen der Papille abgelöst, die in derselben Anordnung, wie in den Ampullen, den Maculae acusticae und dem Anfangstheil der Schnecke auftreten (Taf. XXVIII. Fig. 37 a. d. und 38). Es ist sehr schwierig, sich über die wahre Natur dieses Epithels Rechenschaft zu geben. Es ist mir vorgekommen, als seien die Zellen, Stäbchen- und Zahnzellen, hier niedriger und gedrungener, wie an anderen Orten, doch weiss ich nicht, wie viel ich auf Rechnung der Behandlungsmethode setzen soll. Jeder einzelne Theil tritt aber klar hervor. An der Stäbchenzelle mit dem Härchen, der bauchigen Auftreibung in der Gegend des Kerns, an den Zahn-zellen die entsprechende Einschnürung. Es ist mir nicht gelungen, an dieser Stelle das Epithel in seine einzelnen Elemente zu zerlegen und somit ist mir auch kein einer blassen Nervenfaser ähnlicher unterer Zellfortsatz zu Gesicht gekommen.

Der zum Nervenepithel gehende Ast, der aus dem Nervus cochlearis kommt, durchbohrt ausserordentlich schräge, anfangs ungetheilt, den Theil der Knorpelwandung, der dem Anfangstheil der Schnecke am nächsten liegt (Taf. XXVIII. Fig. 32 a., 33 b. und 44 c.), und zerfällt darauf in mehrere dicht neben einander liegende Bündel, die dann nicht weit vom Basalsaume entfernt in einzelne Fasern zerfallen. Auch hier sind die einzelnen Fasern im Nervenaste und in den einzelnen Bündeln bis dicht unter der Basalmembran doppelt contourirt, verlieren dann ihren doppelten Contour und durchbohren senkrecht oder schräge den Saum als blasse Fasern, von denen dasselbe gilt, was ich an anderen Stellen von ihnen und ihrer Scheide sagte, und treten dann ins Epithel. Wie sie dort enden, habe ich nicht gesehen, so wenig Zweifel ich auch wegen der vollständigen Uebereinstimmung mit den Verhältnissen an anderen Orten hege, dass auch hier ein Zusammenhang der isolirten ungetheilten Fasern mit den Stäbchenzellen stattfindet.

Auf dem Epithel der Papilla acustica und den umgebenden Zahn-zellen ruht nun eine Membran, die Deiters im Zusammenhange mit der des Anfangstheils der Schnecke gesehen hat. Mir ist es niemals ge-ungen, einen solchen Zusammenhang nachzuweisen. Würde sich bei späteren Untersuchungen herausstellen, dass das Epithel der beiden

Papillen zusammenhängt, so wäre ein, wenn auch lockerer Zusammenhang der aufliegenden Membranen wohl mehr als wahrscheinlich, und
Deiters' Beobachtungen würden dann einen erhöhten Werth bekommen.
Ich habe aber diese Membran, die ich die Membrana tectoria des Basilartheils nennen will, immer selbständig gesehen. Sie liegt dem Epithel
desselben sehr locker auf und verschiebt sich ausserordentlich leicht,
jedoch ist es mir hier besser wie im Anfangstheil der Schnecke gelungen, die Theile in situ zu sehen. Sie erstreckt sich jenseits der
Papille über das Epithel demselben anliegend (Taf. XXVIII. Fig. 38),
und besitzt eine halbmond- oder nagelförmige Gestalt, entsprechend
der Form der Papille, und ist in demselben Sinne gekrümmt wie diese.
Diese Membrana tectoria ist eine von den Zahnzellen in der Umgebung
der Papille bis zur Mitte derselben allmählich an Dicke zunehmende,
vollkommen durchsichtige, resistente Membran von homogenem Ge-
füge, ohne in ihrem Inneren eingeschlossene Otolithen, die, wenn
sie in den Knorpelrahmen hineingeschwemmt werden, leicht sich von
der Oberfläche entfernen lassen. Dort, wo die Membran oberhalb der
Zellen der Papille liegt, sieht man in ihre Substanz Canäle gegraben,
in die die Haare der Stäbchenzellen hineinragen. Sie dringen mehr
oder minder schräg in die Membran, entsprechend der Stellung des
Haares und der Lage der Stäbchenzellen, zu denen sie gehören
(Taf. XXVIII. Fig. 38 c.). Diese Canäle umfassen wie weite Säcke die
Härchen und ruhen mit den Rändern der Eingangsöffnung dem Basalsaum auf. Die Ränder, die die einzelnen Gruben von einander trennen,
sind relativ dünn und markiren sich auf der Oberfläche der Membran
als durchschimmernde, lichte, schmale Streifen (Taf. XXVIII. Fig. 38 d.).
Das blind geschlossene Ende der Gruben sieht man auch wegen ihres
schrägen Verlaufs auf der Oberfläche durchschimmern. Sie bewirken
ein Aussehen wie das, welches Deiters an einer Stelle seiner Membrana
tectoria als grossfaltig bezeichnet und in seiner Fig. 13 zeichnet. Es
gehört diese Faltung nach ihm dem Theil an, der sich im Knorpelrahmen befindet.

Wir müssen nun noch der letzten Abtheilung der Schnecke der
Lagena eingehendere Beachtung schenken, einem Theil der, wie früher
erwähnt, mit den übrigen in lockerer Verbindung stehend, an dem
Uebergang der äusseren in die innere Wand, hinten, jedoch mehr
letzterer angehörig, gelagert ist, und zwar so, dass er den Anblick des
Anfangstheils hemmt. Man erkennt ihn bei der Betrachtung der inneren
Wand als einen rundlichen Körper, zu dem ein fächerförmig sich ver-
breitender Nerv geht, der mit seinen Fasern hoch an den Seitenwandungen emporsteigt, so dass, im Profil gesehen, gleichsam eine Huf-

eisenform zum Vorschein kommt (Taf. XXVI. Fig. 5 e.). Natürlich ist auch dieser Theil durch eine starke Anhäufung von Pigmentzellen im Periost ausgezeichnet. Die Verbindung mit der Unterwand des Anfangstheils der Schnecke ist eine ausserordentlich lockere, mittelst der früher erwähnten zarten, membranösen Fortsetzung der knorpeligen Wandung. Die Verbindung mit der Pars basilaris ist dagegen fester, jedoch, wie früher schon gesagt, trennbar und diese leichte Isolirbarkeit beruht auf der tiefen Einschnürung zwischen den Wandungen dieser beiden Schneckentheile, die weit die zwischen Tegmentum vasculosum und Knorpelrahmen übertrifft (Taf. XXVIII. Fig. 39 f.). Es ist eine Einschnürung, die auch hier wieder mit reichlichem bindegewebigen Netzwerk zur Verbindung mit dem Periost ausgefüllt ist und in deren Maschen sich reichliche Pigmentzellen finden. Deiters beschreibt die gröberen Verhältnisse dieses Theils folgendermaassen : »Die Lagena ist eine nicht ganz regelmässige, ovale Schale mit mässig dicker Wand und einem inneren, grossen Lumen, welches in die Höhle des Alveus communis sieht. Aeussere und innere Fläche stimmen nicht ganz überein, die innere ist an manchen Stellen, besonders wo das charakteristische Epithel gelegen ist, etwas vorspringend. Die ganze Convexität stösst an das lockere, sehr pigmentirte Bindegewebe des Alveus. Nur an der einen Stelle sieht man einen unmittelbaren Uebergang in das Gewebe des Knorpelrahmens. Diese Uebergangsstelle liegt nicht ganz in der Höhe der Convexität, sondern etwas tiefer, man erkennt daher schon mit blossem Auge an dieser Stelle eine kleine Einkerbung, welche das hier noch stärker pigmentirte Bindegewebe auskleidet.« Diese Beschreibung Deiters' stimmt vollkommen mit meinen Anschauungen, die ich schon zum Theil dargelegt. Es ist dieser Theil ausserordentlich viel selbständiger, als alle übrigen Schneckenpartieen, und das rührt von den tiefen Einschnürungen her, die sich zwischen diesem und den benachbarten Theilen finden, so dass wir die Lagena förmlich als eine kugelige Ausbuchtung der Wand des allgemeinen Gehörbläschens mit einigermaassen engem Hals, welcher die Communication des inneren Lumens mit dem des Gehörbläschens vermittelt, ansehen können (Taf. XXVII. Fig. 31 k.). Entsprechend der tiefen Einschnürung gegen den Knorpelrahmen, die ja auch Deiters erwähnt, haben wir als Grenze die leistenartige Erhebung, die ich als Theil der Knorpelwandung des Rahmens ausführlich beschrieb, und von der wir sahen, dass sie auf der der Nervenausbreitung entgegengesetzten Seite ausserordentlich viel niedriger verlief. Es ist, wie Deiters richtig bemerkt, eine Schale, deren Ränder im gleichen Niveau stehen (Taf. XXVIII. Fig. 39), so dass man auf dem Querschnitt zu dem Glauben verleitet

werden könnte, man habe es mit einem allseitig von knorpeligen
Wandungen umschlossenen Theil zu thun. Es hat gleichsam ein Dach
und einen Boden, wenn man als Boden den Theil der Wandung an-
sieht, an dem der Nerv sich ausbreitet, während die übrigen Schnecken-
abtheilungen mehr oder minder tiefe rinnenartig ausgehöhlte Organe
repräsentirten, deren Lumina in offener weiter Communication mit dem
Binnenraume des Gehörbläschens standen. Deiters bemerkt sehr richtig,
dass die Wandung der Lagena nicht überall von gleicher Dicke, es
findet sich gleichsam ein Recessus an der inneren Fläche, wodurch die
Wandung hier am dünnsten erscheint und diese Stelle entspricht in der
That dem nervenfreien Theile.

Was den Bau der Wand der Lagena betrifft, so sagt Deiters,
dass dieselbe dem constituirenden Gewebe der halbcirkelförmigen
Canäle ähnele, nur noch solider sei. »Ein knorpelhartes Bindegewebe mit homogener, glänzender Intercellularsubstanz, in welcher
man sternförmige Zellelemente, mit kleinem Zellkörper und langen
Ausläufern unterscheiden kann. Diese Zellen sind nie pigmentirt.«
Diese Beschreibung ist vollkommen zutreffend und habe ich ihr Nichts
hinzuzufügen (Tafel XXVIII. Fig. 43 a.). Eine solche Anordnung der
Zellen und ihrer Ausläufer in radiären Reihen, wie wir es an der Pars
basilaris sehen, habe ich hier nie gesehen. Die Zellen sind eben auch
hier wie an den anderen Stellen unregelmässig in der Substanz zer-
streut. Auch in der Lagena ist die Knorpelsubstanz gegen das innere
Lumen mit einem feinen Basalsaum abgesetzt (Taf. XXVIII. Fig. 43 b.
und 44 d.). Der Nerv tritt als ungetheilter Zweig an die Innenfläche
der Lagena, durchsetzt hier die Knorpelsubstanz und geht theilweise,
wie erwähnt, an den Seitenwändungen empor und erreicht sogar die
nach aussen gekehrte gegenüberstehende Wand, was man namentlich
an Längsschnitten zu constatiren im Stande ist. Es umgreift also der
Nerv diesen Schneckentheil, der gleichsam wie eine Blume in ihrem
Kelche dem Nervenast mit seinen Fasern aufsitzt. Was nun den Verlauf innerhalb der Knorpelsubstanz betrifft, so erwähnt Deiters, dass
sie auch hier pinselförmig ausstrahlen, mit ihren feinsten Fäden sich
der innersten Grenze der Wand nähern und fein auslaufend hier ihre
dunklen Contouren verlieren. Die Beschreibung ist im grossen Ganzen
richtig. Sehr kurz vor seinem Eintritt in den Knorpel zerfällt der
Nervenast in kleinere, dicht nebeneinander liegende Bündel und diese
lösen sich, wenn sie in die Masse eingetreten, in ihre einzelnen, doppelt
contourirten Fasern auf, die in verschiedener Dicke (Taf. XXVIII. Fig. 42
und 44), bald mehr gestreckt und senkrecht, bald schräge und ge-
schlängelt gegen den Basalsaum verlaufen, sich durcheinander wirren

und einen reichen Plexus bilden (Taf. XXVIII. Fig. 43). Eine Verbindung der Fasern findet niemals statt, jede Faser läuft für sich, von der
anderen isolirt. Ebenso wenig zeigt sich eine Theilung. Es ist ein Bild
ganz dem entsprechend, welches die Crista acustica in den Ampullen
der Frösche darbietet. In der Nähe des Basalsaumes angelangt, verlieren die dunklen Fasern auf die schon oft beschriebene Weise ihr
dunkelcontourirtes Aussehen, spitzen sich zu einer blassen Faser zu
(Taf. XXVIII. Fig. 44 b.), die nun senkrecht oder schräge dem Basalsaum zuläuft und ihn durchbohrt, häufig auch noch dicht unter diesem
sich faltenförmig umbiegt, horizontal eine Strecke weit verläuft, um
dann wieder aufsteigend hindurchzutreten.

So weit das Verhalten der Nerven bis zu ihrem Eintritt ins Epithel.
Dieses ist, wie es auch schon Deiters angiebt, mit Ausnahme der Stelle
der Wandung, an der der Nerv seine Ausbreitung findet, ein einfaches
Pflasterepithel, von ganz demselben Aussehen, wie ich es unter An-
derem auch aus der Pars basilaris beschrieben und die Abbildung,
die ich in Fig. 40 (Taf. XXVIII.) von ihnen gegeben, ist auch hier
vollkommen zutreffend. Es sind kleine, polygonale Zellen mit dem
Kern im Grunde (Taf. XXVIII. Fig. 43 c.). Auch der Recessus, dessen
ich erwähnt, ist von denselben ausgekleidet. Nur dort, wo der Nerv
sich ausbreitet, ändert es seinen Charakter, indem es auch hier jedoch
ziemlich rasch an Höhe zunimmt, cylindrisch wird (Taf. XXVIII. Fig. 44
und 43) und dann vom Nervenepithel abgelöst wird. Dieses ist von
Deiters näher beschrieben und abgebildet worden. Er sagt, dass dort,
wo die Nervenfasern sich ausbreiten, sich vor Allem cylindrische mit
ihrer spitzen Basis der Wand aufsitzende Zellen finden, welche regel-
mässig eins, vielleicht auch mehrere Haare tragen. Zwischen ihren
Ansätzen scheint sich eine zweite Lage kleiner Zellen zu befinden,
deren Kerne nicht eben schwer zu sehen sind, die er aber nicht in vollkommener Integrität erhalten konnte. Die Spitzen der cylindrischen
Zellen stehen an der inneren Wand in nächster Beziehung zu den
feinen Enden der Gehörnerven, jedoch will er einen Zusammenhang
nicht mit Bestimmtheit behaupten. Das Bild, welches Deiters Fig. 45
giebt, ist ausserordentlich charakteristisch, noch mehr aber, wie
wir sogleich sehen werden, seine Flächenansicht Fig. 44. Er zeichnet
dort ähnlich, wie er es beim Steinsack gethan, eine Reihe discret
stehender Elemente, während er die zwischenliegenden Theile unbe-
stimmt lässt. In der That sind diese ausserordentlich schwer zu sehen,
und nur der aufmerksamsten Beobachtung gelingt es, an diesem Orte
die constituirenden Elemente klar zu Gesicht zu bekommen, und dann
taucht wieder dasselbe Verhältniss auf, welches ich schon so oft be-

schrieben, die dunkleren Stäbchenzellen mit den in unbestimmbarer
Anzahl sie umgebenden lichteren Zahnzellen. Die bei DEITERS discret
stehenden Elemente repräsentiren meine Stäbchenzellen, während die
dazwischen liegende Masse durch die Zahnzellen eingenommen wird
(Taf. XXVIII. Fig. 42 a. u. c.). Die Grenzcontouren der einzelnen Zahnzellen sind ausserordentlich verwaschen und fliessen häufig in einander, so dass man auch hier zu der Annahme des Mangels einer
Membran geführt wird. Der Querschnitt hebt vollends jeden Zweifel
Wir haben, wie an anderen Orten der Nervenausbreitung auch hier
abwechselnd Stäbchen- und Zahnzellen (Taf. XXVIII. Fig. 44 e u. h.
mit denselben charakteristischen Theilen, wie in den Ampullen, dem
Utriculus, dem Steinsack, dem Anfangstheil der Schnecke und der Pars
basilaris. Jede Stäbchenzelle mit ihrem unteren nervenfaserähnlichen
Fortsatz, ihrem Basalsaum, dem daraus hervorgehenden, spitz auslaufenden Haar, der unteren bauchigen Anschwellung und der entsprechenden Einschnürung an der Zahnzelle, die ihren Kern im Grunde
am Basalsaum des Knorpels zeigt. Das Härchen der Stäbchenzelle zeigt
sich bei der Betrachtung von der Fläche auch hier häufig als ein glänzendes Pünctchen in der Mitte der dunkleren Kreise (Taf. XXVIII.
Fig. 42 b.). In dieses Epithel hinein begeben sich nach Durchbohrung
des Basalsaumes die feinen Nervenfädchen, bilden auch hier gleichsam
einen sub- oder intraepithelialen Plexus, ohne dass die einzelnen
Fasern sich theilen oder mit einander verbinden, allein es ist mir
nicht gelungen, den Zusammenhang mit den zelligen Theilen mit
Bestimmtheit zu sehen, so oft mir auch Bilder zu Gesicht kamen, die
für einen solchen zu sprechen schienen. Die vollständige Uebereinstimmung im Bau des Nervenepithels lässt es jedoch mehr wie wahrscheinlich erscheinen, dass eine Verbindung der blassen Fasern mit
den Stäbchenzellen, wie in der Macula acustica des Utriculus stattfindet.

Dem Nervenepithel ruht auch hier eine durchsichtige, homogene
Membran auf, von der ich nicht mit Bestimmtheit behaupten kann, dass
sie sich über die Grenzen des Nervenepithels auf das cylindrisch ge-
wordene Pflasterepithel erstreckt. Ich glaube nicht. DEITERS bemerkt
anlässlich dieses Gebildes, dass die Höhlung der Lagena wohl nur mit
Flüssigkeit gefüllt sei, da man bei vorsichtiger Präparation keine Otolithen finde. Es finde sich auch keine die Lamina fenestrata fortsetzende
Bildung in diesem Schneckentheil. Freilich ist diese Membran keine
Fortsetzung der Membrana tectoria, und sie löst sich ausserordentlich
leicht von ihrer Unterlage ab, allein sie ist constant vorhanden, nur
darüber herrscht bei mir einiger Zweifel, ob nicht in ihrer Masse Oto-

lithen eingeschlossen sind, oder wenigstens ihr aufliegen. Es ist schwer, darüber zur Entscheidung zu kommen, da selbst bei vorsichtigster Präparation aus dem Steinsack leicht eine Menge loser Otolithen hereingeschwemmt werden, allein hie und da habe ich doch, wie in dem Utriculus, einzelne Otolithen in der Masse gefunden, ebenso häufig fand ich sie freilich nicht, allein es mag sein, dass die ursprünglich weiche Membran bei Behandlung mit Reagentien dieselben fahren lässt, wie ich es auch vom Steinsack vermuthete, und dass dieselbe zu einer mehr consistenten Masse wird. Die Membran ist, wie gesagt, homogen, structurlos, klar und durchsichtig und auf dem Querschnitt leicht gestreift (Taf. XXVIII. Fig. 40 d.), als der Ausdruck blind geschlossener Canäle, in die die Härchen der Stäbchenzellen hineinragen. Da diese kürzer sind und mehr einen geraden, parallelen Verlauf haben, so ist die Membran auch mehr parallel gestreift.

Zum Schluss dieser speciellen Beschreibung des Baues des Gehörapparates der Frösche möchte ich noch einen Blick auf die histologische Structur des Nervus cochlearis werfen, welcher, wie wir wissen, neben dem Nervus vestibularis in der Einschnürung zwischen dem Anfangstheil der Schnecke, der Lagena und der Pars basilaris verläuft, brückenförmig den Anfangstheil mit einem Zweig überwölbt und zwei Zweige zu den beiden anderen Abtheilungen giebt, um sein Ende an der frontalen Ampulle zu finden. Waren bei dem Ramus vestibularis die zwei constituirenden Elemente, die Ganglienzellen und die doppelt contourirten Nervenfasern durcheinander gelagert, so häufen sich erstere an der innern Schädelwand, so dass sie in ihrer Anordnung lebhaft an ein Ganglion erinnern, während ein Theil der Nervenfasern für sich an der Stelle, wo der Ast an dem häutigen Gehörbläschen lagert, sich findet (Taf. XXVI. Fig. 15 a. u. b.). Die Ganglienzellen bieten ganz dasselbe Aussehen und dieselbe Form dar, wie ich es vom Ramus vestibularis beschrieben. Auch hier ist es mir nicht gelungen, irgend welche complicirte Structur der Zellen nachzuweisen. Ob die einzelnen Ganglienzellen und Nervenfasern durch ein Bindegewebsnetz von einander isolirt sind oder nicht, habe ich auch hier nicht endgültig entscheiden können, während die allgemeine Umhüllungsmembran relativ leicht nachzuweisen ist.

Dies der Bau des Gehörorgans der Frösche. Werfen wir nun einen Blick auf das Hauptresultat dieser mühevollen Untersuchung, so ist es jedenfalls das, dass es mir auch hier gelungen ist, eine vollkommene Uebereinstimmung im Bau des Epithels, in welchem die Fasern des Acusticus sich ausbreiten, an allen Theilen des Gehörapparates zu erzielen und nicht blos dies, sondern auch eine vollkommene Uebereinstimmung mit denselben Theilen in allen einzelnen Organen des Gehörapparates der Vögel und des Epithels der Cristae acusticae der Ampullen und der Macula acustica im Utriculus der Säuger nachzuweisen. Ist es mir auch hier nicht überall gelungen, den Zusammenhang der Nerven mit den durch Zahnzellen isolirten Stäbchenzellen darzuthun, so findet er doch nachgewiesenermaassen an einigen Orten statt und lässt somit die Wahrscheinlichkeit der Verbindung an den übrigen Stellen sehr in den Vordergrund treten, so dass auch hier das schon früher aufgestellte Princip Geltung haben würde, dass nämlich die von einander isolirten Nervenfasern aus einer Ganglienzelle hervorgegangen, ohne Theilung und ohne Verbindung mit einander je zu einer durch andere Zellelemente isolirten Stäbchenzelle gehen. Diese Zellen sind überall auf dieselbe Weise gebaut und ein schwingungsfähiger Aufsatz, ein Gehörhärchen, ragt auch hier, wie bei den Ampullen frei in die Endolymphe, oder wie bei dem Steinsack und wahrscheinlich bei dem Utriculus und der Lagena in eine mit einem Otolithenkrystallbrei erfüllte homogene Masse, oder in eine vollkommen homogene Membrana tectoria, wie im Anfangstheil der Schnecke und in der Pars basilaris. Somit ist es auch für die Frösche mehr als wahrscheinlich, dass die Tonempfindungen zuerst und vor allem durch Wellenbewegung in der Endolymphe und Schwingungen in der Otolithenmasse und der Membrana tectoria erregt werden, die wieder Schwingungen der Gehörhärchen bewirken, durch die dann direct der Nervenvorgang ausgelöst wird. Für eine neue Classe von Wirbelthieren hat also, soweit es das Zustandekommen der Gehörempfindungen betrifft, eine Theorie Geltung, die ursprünglich nur für die Gruppe der Vögel aufgestellt wurde, eine Theorie, die auch auf die Ampullen und den Utriculus der Säugethiere ausgedehnt werden muss. Welche Bedeutung hat das nun für die Schnecke derselben Thiere und für das Gehörorgan des Menschen? Einen solchen Schluss zu ziehen und zu sagen, dass das, was für die Gehörorgane der Vögel und Frösche und für den Bogenapparat der Säuger gilt, auch für den Menschen und für die Schnecke der Säuger und der anderen Wirbelthiere Geltung haben muss, ist allzukühn, allein es ist doch immer ein Wahrscheinlichkeitsschluss erlaubt, und den wage ich auch jetzt wieder zu machen. Ich glaube mich um so mehr dazu berechtigt, weil die Erkenntniss des Baues des Gehörorgans der Menschen noch weit davon entfernt ist, auch nur einen einigermaassen befriedigenden Abschluss zu bieten. Es ist möglich, dass sich bei ihnen principielle Abweichungen im Bau finden, dass eine andere Endigungsweise des Nerven namentlich in der Schnecke vorhanden ist, und ich bin gewiss weit davon entfernt, mich gegen eine solche Möglichkeit zu verschliessen, allein es ist mir

nicht wahrscheinlich. Der neueste Untersucher MIDDENDORP: »Het vliezig
slakkenhuis in zienere woerding en in den ontwikkelnden Toestand« [1])
hat in einer sehr fleissigen Arbeit, theils die schon bekannten Befunde
bestätigt, theils neue wichtige Angaben gemacht, die, wenn sie sich
bewahrheiten, allerdings die Möglichkeit einer anderen Endigungsweise
des Acusticus in der Schnecke wenigstens zur Gewissheit erheben,
allein, so wenig ich mir erlaube, an der Richtigkeit seiner positiven
Befunde zu zweifeln, so bin ich doch für einmal nicht geneigt, ihm auf
dem Gebiet seiner Hypothesen zu folgen. Er nimmt folgende Endigungsweise der Gehörnerven an. Die feinsten Fäserchen sollen nach ihrem
Eintritt in die Scala media sich mit kleinen Endganglienzellen verbinden, die DEITERS als zum Bindegewebe gehörig unterhalb der innersten
Haarzellen beschrieben hat. Von diesen sollen dann feine, varicöse
Fädchen zwischen den Haarzellen, ohne sich mit ihnen zu verbinden,
emporziehen. Dort lässt er sie zunächst frei enden. Das Positive an
dem Befunde ist, dass sich ein Zellennetzwerk unter den innersten
Haarzellen befindet und Fortsätze zwischen diesen emporschickt, das
Hypothetische, dass sie mit den feinen Nervenfasern auf der unteren
Seite in Verbindung stehen sollen. Er geräth da, wie gesagt, in Conflict
mit DEITERS, der diese Gebilde als zum Bindegewebe gehörig betrachtet.
Mir fehlen alle Anhaltspuncte wegen Mangels eigener Untersuchungen,
um mich für oder gegen eine Ansicht bestimmt zu entscheiden, und
somit darf ich mir keine Kritik der MIDDENDORP'schen Angaben erlauben,
allein ich kann nicht läugnen, dass es mich mehr auf DEITERS', als auf
seine Seite zieht, und dazu hat mich namentlich die MIDDENDORP'sche
Abbildung Fig. 26 gebracht. Ich wurde durch dieselbe lebhaft an Bilder erinnert, die ich bei den Vögeln aus der Papilla spiralis der Schnecke
bekommen, und welche ich in meiner Abhandlung [2]) : »Nachträge zur
Anatomie der Vogelschnecke« beschrieben. Dort sahen wir feine Fädchen zwischen den Stäbchenzellen emporragen, die hie und da Varico-
sitäten zeigen können, und die von Kerngebilden unterhalb derselben
ausgingen. Diese Kerngebilde mit ihren Fortsätzen, die förmlich ein
netzartiges Stratum zwischen Stäbchenzellen und Basilarmembran bilden, waren die Ueberreste der im embryonalen Zustande zwischen den
Stäbchenzellen wohl entwickelten Zahnzellen, die durch die auswach-
senden Nervenendapparate und die Nervenfäserchen in ihren oberen
und unteren Protoplasmafortsätzen verkümmerten oder zusammen-
gedrückt wurden, so dass allein die Kerne mit etwas Protoplasma um

1) Gröningen 1867.
2) Diese Zeitschrift. Bd. XVII.

sie herum in der ursprünglichen Form zurückblieben, wie ich es ausführlich in meiner Arbeit: »Beiträge zur Entwickelung der Gewebe der häutigen Vogelschnecke«[1]) beschrieben habe. Ich möchte von diesem Gesichtspuncte aus den weit vorgedrungenen Forscher auffordern, seine embryologischen Studien auf die Gewebe weiter auszudehnen und zu sehen, ob nicht etwas Aehnliches beim Menschen vorkommt. Die Uebereinstimmung in den Bildern ist zu frappant, und ich habe ausserdem Deiters' Deutung als Bindegewebe, die meiner Vermuthung mehr Stütze verleiht. Ist sie richtig, nun dann ist für den Menschen nicht ausgeschlossen, dass dennoch die Haar- oder Stäbchenzellen Nervenenden sind.

Es bleibt mir nun noch übrig, die Aehnlichkeiten, die sich zwischen den einzelnen Theilen des Gehörorgans der Batrachier und denen der höheren Thiere finden, nachzuweisen. Es ist wirklich überraschend, auf wie ausserordentliche Weise dieselben trotz des auf dem ersten Blick so differenten Aussehens einander entsprechen. Auch Deiters hat darauf aufmerksam gemacht, und es gelingt an der Hand der Entwickelungsgeschichte die eine Form aus der anderen zu construiren. Gehen wir von dem einfachen, embryonalen Gehörbläschen der höheren Thiere aus, so wissen wir durch Kölliker[2]), dass die einzelnen Theile und namentlich die Schnecke durch Hervorstülpungen gebildet werden. Es tritt zuerst ein blindgeschlossenes, gestrecktes Rohr auf, dessen Form aufs Lebhafteste an die Schnecke der Vögel erinnert und sich erst später windet. Das Rohr steht mit dem Bläschen durch den Canalis reuniens in offener Communication. Durch Abschnürungen zerfällt dann dieses wiederum in zwei Abschnitte, in den Utriculus und den Sacculus, welchem ersteren die Ampullen und Bogengänge angehören, während mit letzterem die Schnecke in Verbindung steht. Zu jeder dieser Abtheilungen treten dann besondere Aeste des Acusticus. Bei den Vögeln tritt keine Theilung des Gehörbläschens auf, und die Schnecke bleibt gleichsam auf embryonaler Stufe stehen, zeigt sich gestreckt. Wie ist es nun bei den Fröschen? Ampullen und Bogengänge sind bei den Fröschen ebenso differenzirt, wie bei den höheren Thieren, aber alle übrigen Theile, mit Ausnahme der Lagena, erheben sich nicht über das Niveau des Gehörbläschens. Es findet keine Hervorstülpung statt, die die Theile zu selbständigen, nur durch enge Mündungen mit den übrigen Theilen communicirenden Gebilden machen. Die Theile sind gleichsam zurückgesunken und zeigen sich nur als Verdickungen

1) l. c.

2) Entwickelungsgeschichte.

in der Wand, so dass sie in das innere Lumen des Gehörbläschens hineinsehen. Alle Theile sind aber, wie wir gleich sehen werden, vorhanden. Die Uebereinstimmung geht aber, abgesehen von der Schnecke, weiter. Das Gehörbläschen zerfällt durch Einschnürung oder vielmehr Auftreten einer Scheidewand in zwei gesonderte Säckchen. In dem einen münden die Ampullen und die Bogengänge, dem anderen gehören die Schneckentheile und der Steinsack an. Beide communiciren mit einander durch eine enge Oeffnung, die Apertura utriculi, und über sie weg wölbt sich dann das sogenannte Tegmentum vasculosum, welches gleichsam ein Dach über den gemeinsamen Hohlraum der Schnecke und des Steinsacks bildet. Man kann es, wie auch Deiters es gethan, als eine Andeutung des Tegmentum vasculosum der Vögel ansehen, somit auch als ein Analogon der Membrana Reissneri. Ein Canalis reuniens im Sinne der höheren Thiere fehlt, wenn man nicht die zarte Wandung jenseits der Schneckentheile, der dieselben mit der Macula acustica des Steinsacks verbindet, als solchen ansehen will. So können wir denn mit Recht von einem Utriculus und einem Sacculus sprechen. Der Utriculus ist die Abtheilung des Gehörbläschens, in der die Ampullen und Bogengänge münden, der Sacculus der Theil, den wir als Steinsack haben kennen gelernt. Es möchte überflüssig sein, auf die Uebereinstimmung im Bau der Ampullen, der Bogengänge, der Macula acustica des Utriculus und des Steinsacks zwischen Batrachiern und höheren Wirbelthieren hinzuweisen, sie ist in den wesentlichsten Theilen eine so vollständige, als man nur wünschen kann, namentlich im Bau des Nervenepithels. Nicht so einleuchtend auf dem ersten Blick sind die Analogien der Schneckentheile mit denen höherer Wirbelthiere.

Werfen wir noch einen Blick auf das vorhin erwähnte Entwickelungsschema, so ist es begreiflich, dass das Ende der Schnecke bei dem Zurücksinken der Theile in die Wand des allgemeinen Gehörbläschens zuletzt verschwinden und von allen Theilen die grösste Selbständigkeit besitzen muss. In der That ist dies der Fall, und das Schema, welches ich gegeben, scheint sich nicht allzuweit von den wirklichen Verhältnissen zu entfernen, denn, wenn wir in der Thierreihe aufwärts gehen und das Gehörorgan der Schildkröten betrachten, welches Deiters[1] theilweise mit in den Bereich seiner Beobachtungen gezogen hat, so ist bei diesen die Selbständigkeit des Endes der Schnecke noch grösser, und es scheinen noch andere Theile mit differenzirt zu sein, so dass wir ein mehr den Vögeln sich näherndes Verhalten haben, wo sich ja die Schnecke vollkommen selbständig aus dem Sack heraus-

1) l. c.

gebildet hat. Der entwickelten Auffassung des Baues des Gehörorgans in der Thierreihe abwärts entsprechend muss derjenige Theil, welcher den Anfang der Schnecke bildet, am innigsten der Wand des Gehörbläschens angehören, und in der That ist dies mit dem Theil, den ich Anfangstheil der Schnecke genannt habe, und über den der Nervenast sich auf so eigenthümliche Weise brückenartig hinüberwölbt, der Fall. Ueber ihm steht gleichsam als Dach das Tegmentum vasculosum der Schnecke, welches sich im Umkreise der Apertura utriculi ansetzt. Zwischen diesen beiden Theilen ist nun die Pars basilaris eingeschoben. Die bei den Vögeln selbständige Schnecke sehen wir eine halbe Windung vollführen. Man kann etwas Aehnliches auch bei den Fröschen nachweisen. Auch hier ist die Schnecke gewunden und zwar, wenn man, wie ich es muss, die grössere Hälfte des Anfangstheils als Beginn nehmen will so, dass die Schneckentheile aus der Ebene, die der inneren Schädelwand am nächsten liegt, nach aussen und etwas nach hinten sich wenden, und darauf mit ihrem Ende der Lagena der Innenfläche sich wieder nähern. Diese Windung wird sich am deutlichsten zeigen, wenn Deiters' Angaben über den Zusammenhang der beiden Membranae tectoriae des Anfangstheils und des Knorpelrahmens, den ich freilich nie gesehen, sich als richtig erweisen sollte. Die Art und Weise der Lagerung des Anfangstheils ist nun nicht der einzige Grund, warum ich ihn mit diesem Namen belege. Es ist namentlich das Verhalten des Knorpels und des Nervenepithels. Im Anfang der Schnecke sehen wir auch die beiden Knorpel zusammenstossen und gleichsam eine Schale bilden. Dieser Process der Verschmelzung ist bei den Fröschen ausserordentlich viel weiter gediehen, und man sieht keine Spur einer Membrana basilaris, höchstens eine Verdünnung der Knorpelwand an der Stelle, wo sie sich befinden sollte. Wir sahen ferner bei den Vögeln das Nervenepithel schmal beginnen, und dies ist auch der Fall mit der Papilla acustica. Während sie nun aber bei den Vögeln continuirlich an Breite zunahm, ein Umstand, worauf ich das grösste Gewicht beim Zustandekommen der Tonempfindungen legen zu müssen glaubte, da durch ausgedehntere Schwingungen der Membrana tectoria immer mehr Stäbchenzellen in Mitleidenschaft geriethen, so ist eine solche successive, wahrscheinlich gesetzmässige Zunahme bei den Batrachiern, wie es scheint, nicht da, wenigstens findet sie sich nicht, wenn man sich nach der Form der Membrana tectoria richtet. Sie folgt keinem Gesetz, und vielleicht möchte das eine geringere Fähigkeit der Frösche im Wahrnehmen von Tönen bedingen. Die Membrana tectoria sahen wir bei den Vögeln von den Zahnzellen des Knorpels als Cuticularbildung ausgehen und sich über das Nervenepithel bis an dessen Grenze erstrecken, bei den Fröschen ruht sie auch im Anfangstheil den Zahnzellen auf, jedoch finden sich diese nicht blos auf einer Seite der Papilla acustia, sondern auf beiden, und dadurch ist eine wichtige Differenz gegeben. Durch die Art der Anheftung der Membran möchte wohl ein geringerer Grad von Schwingungsfähigkeit bedingt sein, als bei einer, die nur an dem einen Ende befestigt, am anderen dagegen vollkommen frei ist. Corti'sche Zellen fehlen hier, ebenso wohl wie bei den Vögeln und das Nervenepithel hat sich in seinem Aussehen mehr dem an anderen Orten genähert. Die Pars basilaris lässt sich auf den ersten Blick in Analogie bringen, sie repräsentirt den Basilartheil der Vogelschnecke, denn sie trägt ja die Membrana basilaris, die freilich in ihrem Bau abweicht, indem sie nur dem Basalsaum derselben als gleichwerthig anzusehen ist, während die unterliegenden elastischen Fasern, die dort die Haupt- masse bilden und eine so eigenthümliche Entwickelung zeigten, fehlen. Das Nervenepithel erhebt sich bei den Vögeln nach Art der Papilla spiralis oberhalb des Durchtrittes der Nerven durch den Knorpel. Die Membrana basilaris bleibt hier frei. Corti'sche Zellen fehlen. Die Membrana tectoria liegt auch hier den Zahnzellen zu beiden Seiten des Nervenepithels ohne ein freies Ende an. Aehnlich wie bei den Vögeln das Tegmentum vasculosum, das Analogon der Membrana Reissneri, dem Knorpel anhaftet, so auch hier der Schneckentheil, dessen Zellen in ihrer Farbe an die Gebilde des Tegments erinnern. Bei den Vögeln schliessen sich die Knorpel dann wieder zur Lagena und dasselbe ist bei den Fröschen der Fall, und die Uebereinstimmung im Bau ist hier wie dort, eine vollkommene, namentlich, wenn es ge- lingt, Otolithen in der homogenen, dem Nervenepithel aufliegenden Membran nachzuweisen. Hier wie dort die abwechselnd stehenden Zahn- und Stäbchenzellen mit ihren Härchen in die Membrana tectoria ragend. Die indifferenten Cylinderzellen, die sich bei den Vögeln in dem ganzen Bereich der Schnecke von Anfang bis zur Lagena finden, sind durch indifferentes Pflasterepithel ersetzt. Alle wichtigen Theile, Stäbchen und Zahnzellen, sowohl aus der Papilla selbst, als aus deren Umgebung und Membrana tectoria sind vorhanden, überall fehlen da- gegen die Corti'schen Zellen. Das bedingt den wichtigsten Unterschied von den Säugern und Menschen. Selbst die Nervenäste bieten in ihrem Bau Uebereinstimmungen. Sehen wir nicht auch bei den Fröschen im Nervus cochlearis die Andeutung eines Ganglion, und dann sehen wir nicht auch bei den Fröschen dem Foramen ovale die ausserordentlich zarte Wandung des Gehörbläschens zugekehrt, die den Schallwellen den geringst möglichen Widerstand leistet, so dass dieselben ungetrübt im Gehörbläschen die Endolymphe, die Membrana tectoria und die

Otolithenmasse und dadurch die Gehörhärchen in Schwingungen ver-
setzen und so den Nervenvorgang auslösen können? Das Wesen im Bau
ist dasselbe geblieben, nur das Unwesentliche ist mannigfach modificirt,
und die Art und Weise, wie die einzelnen Theile angeordnet sind.
Wie weit nun auch die Veränderungen in der letzten Wirbelthierclasse
bei den Fischen gehen, das wäre ein Gegenstand für eine höchst
interessante Forschung und hoffentlich ist mir Zeit vergönnt, recht bald
diesen interessanten Punct in Angriff zu nehmen, und ebenso die Thiere
höherer Ordnung, Reptilien, Schildkröten und Krokodile, um somit die
verbindenden Glieder der Kette einzufügen, und um womöglich das
allgemeine Princip im Bau des Gehörapparates auch hier bestätigt zu
finden, das Herantreten des isolirten Nervenfadens an eine isolirte, mit
einem schwingenden Haar versehene Zelle, deren Haar entweder in
eine schwingende Membran oder frei in die Endolymphe hineinragt.

Würzburg, März 1868.

Erklärung der Abbildungen.

Tafel XXVI.

Fig. 1. Natürliche Grösse. Schädel eines Frosches von der Seite gesehen und
etwas um seine Längsaxe gedreht. *a* Foramen ovale. *b* Sagittal gestellter
Bogengang. *c* Frontal gestellter Bogengang. *d* Horizontaler Bogengang.
e Foramen magnum occipitis.

Fig. 2. Vergr. $^3/_1$. Decke der Bogengänge und Ampullen abgehoben, um die
häutigen Theile in ihrer Lage zu zeigen. Von oben und etwas von der
Seite gesehen. *a* Foramen ovale in der Verkürzung. *b* Der häutige sagittale Bogengang. *c* Der frontale Bogengang. *d* Der horizontale Bogengang.
e Die Ampulle des sagittalen Bogengangs. *f* Die Ampulle des horizontalen
Bogengangs. *g* Ampulle des frontalen Bogengangs.

Fig. 3. Vergr. $^{30}/_1$. Querschnitt durch einen knöchernen und häutigen Bogengang, um die Excentricität des Letzteren zu zeigen. *a* Knorpelige Wandung. *b* Häutiger Bogengang. Alkoholpräparat.

Fig. 4. Vergr. $^{90}/_1$. Querschnitt durch den knorpeligen Bogengang mit der
Periostbekleidung. *a* Knorpelige Wandung. *b* Losgelöstes Periost mit
eingestreuten Kerngebilden. Alkoholpräparat.

Fig. 5. Vergr. 6/1. Das gesammte häutige Gehörorgan des Frosches von der der Schädelwand zugekehrten Fläche gesehen. *a* Sagittaler Bogengang. *b* Ampulle des sagittalen Bogengangs. *c* Horizontale Ampulle. *d* Der Steinsack mit dem an ihm sich ausbreitenden Nervenaste. *e* Lagena oder Ende der Schnecke mit dem dazu gehörenden Nervenaste. *f* Ampulle des frontalen Bogengangs. *g* Stamm des Nervus acusticus. Osmiumsäurepräparat.

Fig. 6. Vergr. 6/1. Der gesammte häutige Gehörapparat des Frosches von der dem Foramen ovale zugekehrten Seite aus gesehen. *a* Ampulle des frontalen Bogengangs. *b* Tegmentum vasculosum der Schnecke. *c* Pars basilaris der Schnecke. *d* Steinsack oder Sacculus des Frosches. *e* Ampulle des horizontalen Bogengangs. *g* Sagittaler Bogengang. *h* Die Vereinigung der beiden verticalen Bogengänge. *i* Frontaler Bogengang. *k* Horizontaler Bogengang. Osmiumsäurepräparat.

Fig. 7. Vergr. 25/1. Die Ausbreitung des Nervus vestibularis von der der inneren Schädelwand zugekehrten Seite gesehen. *a* Stamm des Nervus vestibularis. *b* Die zum Steinsacke oder 'dem Sacculus gehende und in dessen Macula acustica sich ausbreitende Aeste. *c* Der zur Macula acustica des Utriculus gehende Nervenast. *e* Der Nervenast der Crista acustica der horizontalen Ampulle. *d* Der zur Crista acustica der sagittalen Ampulle gehende Nervenast. *f, g* Durchscheinende Pigmentflecke jenseits der Cristae der beiden Ampullen. Osmiumsäurepräparat.

Fig. 8. Vergr. 25/1. Die Ausbreitung des Nervus cochlearis. Die Schnecke ist aus ihrer Verbindung mit dem Steinsack (Sacculus und dem Utriculus) abgelöst, und das Tegmentum vasculosum, die Pars basilaris und die Lagena sind gegen den Steinsack zurückgeschlagen, um den Beginn' der Schnecke zu zeigen. *a* Stamm des Nervus cochlearis. *b* Der an der Lagena sich ausbreitende Ast. *c* Der zur Pars basilaris gehende Nervenzweig. *d* Der brückenförmig über den Anfang der Schnecke herübergehende Nervenast. *e* Der zur frontalen Ampulle verlaufende Endast des Schneckennerven. *f* Die durchscheinende Crista acustica der frontalen Ampulle. Osmiumsäurepräparat.

Fig. 9. Vergr. 25/1. Das häutige Gehörorgan nach Abtragung der Ampullen und Bogengänge, des Tegmentum vasculosum, der Pars basilaris, der Lagena, der Schnecke und der dem Foramen ovale zugekehrten zarten Wandung des Sacculus (Steinsack). *a* Der durchschnittene sagittale Bogengang. *b* Der durchschnittene frontale Bogengang. *c* Deren Vereinigung. *d* Der durchschnittene horizontale Bogengang an seiner Einmündung in den Utriculus. *f* Gemeinschaftliche Mündung der horizontalen und sagittalen Ampulle in den Utriculus. *g* Wand des Utriculus an der Stelle des abgelösten Tegmentum vasculosum der Schnecke. *h* Grund des Utriculus. *i* Unvollständige Scheidewand des Utriculus, unterhalb welcher die Ampullen, oberhalb welcher die Bogengänge in denselben münden. *k* Nervenausbreitung an der Macula acustica des Utriculus. *l* Der Stamm der zur horizontalen und sagittalen Ampulle gehenden Nervenäste. *m* Zum Steinsack sich begebende Nervenzweige. *n* Brückenförmig über den Anfang der Schnecke sich hinüberschlagender Ast des Nervus cochlearis. *o* Der Anfangstheil der Schnecke. Osmiumsäurepräparat.

Fig 10. Vergr. 25/1. Das häutige Gehörorgan, von dem ausser den in voriger Figur
angegebenen Theilen noch die Decke des Utriculus, der nach aussen gekehrte Theil der Bogengänge, ferner der Theil, der die Einmündung der
horizontalen und sagittalen Ampulle deckt, abgetragen ist, um die
Scheidewand zu zeigen, unter der die frontale Ampulle mündet. *a* Die
vereinigten verticalen Bogengänge. *b* Schwache Firste zwischen ihnen
und der Einmündung des horizontalen Bogengangs. *c* Horizontaler Bogengang. *d* Unvollständige Scheidewand des Utriculus. *e* Einmündung der
abgeschnittenen frontalen Ampulle in den Utriculus. *f* Einmündung der
vereinigten horizontalen und sagittalen Ampulle in den Utriculus.
g Steinsack abgeschnitten. *h* Der zu den zusammenliegenden Ampullen
gehende Nervenast. *i* Ast für den Schneckenanfang. Osmiumsäurepräparat.

Fig. 11. Vergr. 100/1. Die Nervenausbreitung an der Macula acustica des Utriculus.
a Der zum Utriculus gehende Nervenast. *b* Macula acustica mit dem
darauf sitzenden Nervenepithel. *c* Epithelzellen mit der Umgebung der
Macula acustica. *d* Zellbekleidung der übrigen Utricularwandung. *e* Pigmentzellen. Osmiumsäurepräparat.

Fig. 12. Vergr. 90/1. Querschnitt durch die Macula acustica des Utriculus.
a Utricularast des Nervus vestibularis. *b* Die sich zuspitzenden, in blasse
Fasern auslaufenden dunkelrandigen Nervenfäden. *c* Knorpelwandung
des Utriculus. *d* Gefässe. *e* Basalsaum. *f* Zellen aus der Umgebung der
Macula acustica. *g* Nervenepithel. *h* Schwache Leiste, die der unvollständigen Scheidewand Fig. 10 *d* gegenüber steht. *i* Pflasterepithel der
Utricularwandung. Osmiumsäurepräparat.

Fig. 13. Vergr. 700/1. Theil eines Querschnittes durch die Macula acustica des
Utriculus, um das Nervenepithel, dessen Härchen und dessen Otolithenmasse jedoch abgefallen ist, zu zeigen. *a* Knorpelwandung des Utriculus.
b Basalsaum. *c* Plexus der dunkelrandigen Nervenfäserchen und blasses,
den Basalsaum durchbohrendes und sich an eine Stäbchenzelle begeben-
des Nervenfäserchen. *e* Undeutlicher Uebergang einer dunkelrandigen in
eine blasse Faser. *f* Kern einer Stäbchenzelle. *g* Oberer Theil einer
Stäbchenzelle. *h* Verdickungssaum. *i* Zahnzelle. *k* Kern einer Zahnzelle.
Alkoholpräparat.

Fig. 14. Vergr. 700/1. Dem Basalsaum aufsitzende Gruppe von Zellen aus der Umgebung der Macula acustica des Utriculus. *a* Basalsaum. *b* Cylinder-
zelle. *c* In der Mitte liegender Kern derselben. Osmiumsäurepräparat.

Fig. 15. Vergr. 800/1. Gruppe von Pflasterzellen der Utricularwand. Alkoholpräparat.

Fig. 16. Vergr. 800/1. Querschnitt durch den Nervus coohlearis. *a* Ganglienzellen,
die gleichsam zu einem Ganglion cochleare vereinigt sind. *b* Nervenfäserchen. Alkoholpräparat.

Fig. 17. Vergr. 90/1. Der Anfang der Schnecke 'aus der Verbindung mit den
übrigen Theilen losgelöst von oben gesehen. *a* Brückenförmig über den
Anfangstheil der Schnecke hinübergehender Nervenast. *b* Zarte in Falten
gelegte Verbindungsmembran mit dem benachbarten Theilen. *c* Aeussere
Wandung des Schneckenanfangs mit dem bekleidenden Epithel. *d* Grund
des Anfangstheils. *e* Losgelöste Membrana tectoria (CORTI). *f* Ausbreitung des Nerven. *g* Nervenepithel. *h* Das unterhalb der Nervenbrücke

fortziehende Epithel. *i* In die kleinere Abtheilung des Schneckenanfangs ragender Theil der Membrana tectoria *k* Die in der Wand der Pars basilaris übergehende Wandung des Anfangstheils der Schnecke. Osmiumsäurepräparat.

Tafel XXVII.

Fig. 48. Vergr. 140/1. Durch einen Längsschnitt getrennte Hälfte des Anfangstheils der Schnecke von der Innenfläche gesehen, um die Ausbreitung des Nervenepithels zu zeigen. *a* Der durchschnittene, brückenförmig hinübergehende Nervenast. *b* Die Ausbreitung des Nervenepithels in der grösseren Abtheilung des Anfangstheils der Schnecke. *c* Dieselbe in der kleineren in den Basilartheil der Schnecke übergehenden Abtheilung. *d* Zahnzellen. *e* Die Epithelzellenauskleidung im Grunde. Osmiumsäurepräparat.

Fig. 49. Vergr. 700/1. Stück der Nervenepithelausbreitung (Papilla acustica) des Anfangstheils der Schnecke von der Fläche gesehen. *a* Stäbchenzelle. *b* Glänzendes Pünctchen als Ausdruck des Gehörhaares. *c* Kreisförmig die Stäbchenzellen umgebende Zahnzellen der Papille. Osmiumsäurepräparat.

Fig. 20. Vergr. 90/1. Durch einen Längsschnitt getrennte Hälfte des Anfangstheils der Schnecke von der Innenfläche nach Ablösung des Nervenepithels gesehen, um die Nervenausbreitung zu zeigen. *a* Durchschnittener, ungetheilter Nervenstamm. *b* Zweig desselben, der sich an die grössere Abtheilung begiebt. *c* Derselbe an die kleinere Abtheilung gehende Zweig, der auch die mittleren Parthien versorgt. Osmiumsäurepräparat.

Fig. 21. Vergr. 700/1. Stück der Membrana tectoria stark vergrössert. *a* Eindruck in die leicht streifige, klare Grundmasse *b* der Membrana tectoria, die mit freien Rändern dem Verdickungssaum der Stäbchenzellen aufruht und in den das Haar hineinragt. Alkoholpräparat.

Fig. 22. Vergr. 140/1. Die vollständig conservirte Membrana tectoria aus dem Anfangstheil der Schnecke. *a* Die leicht streifige Grundsubstanz der Membran. *b* Eindrücke von den Härchen der Stäbchenzellen herrührend. Alkoholpräparat

Fig. 23. Vergr. 140/1. Längsschnitt durch die obere Wand des Anfangstheils der Schnecke (Fig. 48) etwas unterhalb der Nervenepithelausbreitung. *a* Knorpelige Wandung. *b* Die Zahnzellen aus der Umgebung der Papilla acustica. *c* Die Pflasterepithelzellen aus dem Anfangstheil der Schnecke. *d* Die Pflasterzellen des Utriculus. Alkoholpräparat.

Fig. 24. Vergr. 700/1. Stück des Nervenepithels aus dem Anfangstheil der Schnecke. *a* Knorpelmasse. *b* Basalsaum. *c* Blasse zum Basalsaum verlaufende Nervenfaser. *d* Kern einer Stäbchenzelle. *e* Oberer Theil einer Stäbchenzelle. *f* Verdickungssaum einer Stäbchenzelle. *g* Haar der Stäbchenzelle. *h* Zwischenliegende Zahnzellen mit dem Kern im Grunde. Alkoholpräparat.

Fig. 25. Vergr. 90/1. Querschnitt durch die grössere Abtheilung des Anfangstheils der Schnecke. *a* Untere Knorpelwandung. *b* Pflasterzellen, welche dieselbe bekleiden. *c* Basalsaum. *d* Nervenepithel der oberen Wand. *e* Gegen das Nervenepithel aufsteigende Zahnzellen. *f* Pflasterzellenbekleidung der oberen Wand. *g* Pflasterzellenbekleidung des Utriculus. Osmiumsäurepräparat.

Fig. 26. Vergr. 90/1. Querschnitt aus der Gegend des Anfangstheils der Schnecke, wo sich der Nervenast brückenförmig hinüberschlägt. *a* Brückenförmig hinübergehender Nervenast. *b* Pflasterepithelbekleidung der äusseren Brückenfläche. *c* Pflasterzellen des Utriculus. *d* Nervenfaserausbreitung. *e* Nervenepithel. *f* Unter der Brücke sich hinziehende Zahnzellen. *g* Pflasterzellen der inneren Brückenfläche. *h* Gefässe. Osmiumsäurepräparat.

Fig. 27. Vergr. 90/1. Die Stelle, wo das Tegmentum vasculosum von dem Utriculus losgelöst ist, vergrössert. *a* Knorpelwandung des Utriculus. *b* Zurückgebliebene Läppchen des losgelösten Tegmentum vasculosum. *c* Epithelbekleidung auf der Aussenfläche der äusseren Utricularwand. *d* Durchschnittene Knorpelmasse. *e* Grund des Utriculus. *f* Nervenausbreitung am Anfangstheil der Schnecke. Osmiumsäurepräparat.

Fig. 28. Vergr. 90/1. Querschnitt durch die kleinere Abtheilung des Anfangstheils der Schnecke. *a* Nervenausbreitung. *b* Nervenepithel. *c* Zahnzellen aus der Umgebung desselben. *d* Pflasterzellenbekleidung. *e* Grund der Abtheilung von der Fläche gesehen. *f* Pflasterepithelien des Utriculus. Osmiumsäurepräparat.

Fig. 29. Vergr. 90/1. Querschnitt durch das Tegmentum vasculosum der Schnecke. *a* Knorpelwandung desselben. *b* Pflasterzellenbekleidung. *c* Pigmentzellen. Präparat aus Osmiumsäure.

Fig. 30. Vergr. 300/1. Gruppe von Pflasterepithelzellen des Tegmentum vasculosum von der Fläche gesehen. Osmiumsäurepräparat.

Fig. 31. Vergr. 20/1. Die von dem übrigen Gehörorgan ablösbaren Theile der Schnecke isolirt. *a* Tegmentum vasculosum. *b* Fasern der zarten der Macula acustica des Steinsacks (Sacculus) gegenüberliegenden Membran, die sich mit der einen Wandung der Schneckentheile *c* verbindet. *d* Entgegengesetzte Wand der ablösbaren Schneckentheile. *e* Eingang in die Lagena. *f* Nervenast, welcher an die Pars basilaris der Schnecke zieht. *g* Zur Lagena gehender Nervenast. *h* Leiste zwischen Tegmentum vasculosum und Pars basilaris. *i* Membrana basilaris. *k* Decke der Lagena. Osmiumsäurepräparat.

Tafel XXVIII.

Fig. 32. Vergr. 90/1. Pars basilaris und Lagena der Schnecke isolirt und zugleich die Decke der Lagena abgetrennt, so dass man die Nervenausbreitung in derselben zu Gesicht bekommt. *a* Der zur Pars basilaris gehende Ast des Nervus cochlearis. *b* Zur frontalen Ampulle gehender Nervenast. *d* Die Ausbreitung des Nerven und Nervenepithels in der Lagena. *e* Firste zwischen Pars basilaris und Lagena. *f* In die Wandung des Sacculus übergehende Wand der losgelösten Schneckentheile. *g* Membrana basilaris. Osmiumsäurepräparat.

Fig. 33. Vergr. 200/1. Pars basilaris der Schnecke isolirt und von der Fläche gesehen. *a* Knorpelwand derselben. *b* Der zu ihr gehende Nervenzweig. *c* Nervenepithel des Basilartheils. *d* Membrana basilaris mit ihrer Zellbekleidung. *e* Pflasterepithelzellen beim Uebergange in die Lagena.

f Leiste zwischen Pars basilaris und Lagena mit dessen Epithelauskleidung und durchschimmerndes Pigmentzellen. Osmiumsäurepräparat.

Fig. 34. Vergr. 90/1. Schnitt durch die Pars basilaris jenseits der Membrana basilaris, so dass der Knorpel derselben noch zusammenhängt. *a* Knorpelwandung. *b* Pflasterzellenbekleidung. *c* Verändertes Nervenepithel. *d* Pigmentzellen. Osmiumsäurepräparat.

Fig. 35. Vergr. 90/1. Schnitt durch denselben Schneckentheil, so dass die Membrana basilaris getroffen ist und der Knorpel getrennt. *a* Knorpeltheil dem dreieckigen Knorpel der Vögel entsprechend. *b* Knorpel, welcher dem Nervenknorpel der Vögel entspricht. *c* Membrana basilaris von der Fläche. *d* Verändertes Nervenepithel. *e* Nervenfasern. *f* Pflasterzellenbekleidung. *g* Pflasterzellen der entgegenstehenden Knorpelwand. Osmiumsäurepräparat.

Fig. 36. Vergr. 300/1. Stück eines Querschnitts vom Nervenknorpel und der Membrana basilaris. *a* Knorpelmasse. *b* Basalsaum. *c* Veränderte Pflasterzellen des Knorpels. *d* Falte der Membrana basilaris. *f* Veränderte Epithelzelle auf der Höhe der Falte. *g* Optischer Querschnitt der Basilarmembran. *h* Theilweise auf der hinteren Seite der Falte sitzende veränderte Epithelzelle. Osmiumsäurepräparat.

Fig. 37. Vergr. 300/1. Nervenepithelgruppe der Pars basilaris im Querschnitt. *a* Stäbchenzelle. *b* Zahnzelle. Osmiumsäurepräparat.

Fig. 38. Vergr. 300/1. Losgelöstes Nervenepithel sammt Umgebung mit der darauf ruhenden Membrana tectoria. *a* Nervenepithel. *b* Zahnzellen aus der Umgebung der Papilla acustica aus dem Zusammenhange gelöst. *c* Eindrücke in der Membrana tectoria zur Aufnahme der Härchen. *d* Härchen der Stäbchenzellen. *e* Auf der Fläche der Membrana tectoria durchschimmernde Contouren der Eindrücke der Härchen. Osmiumsäurepräparat.

Fig. 39. Vergr. 90/1. Längsschnitt durch die losgelösten Theile der Schnecke von der inneren Fläche gesehen. *a* Tegmentum vasculosum mit der Epithelbekleidung. *b* Fetzen der feinen der Macula acustica gegenüberstehenden Membran des Sacculus. *c* Pars basilaris. *d* Leiste zwischen Tegmentum und Pars basilaris. *e* Leiste zwischen Pars basilaris und Lagena. *f* Periost und maschiges Bindegewebe zur Verbindung mit dem Knorpel der Schnecke. *g* Wand der Lagena mit Pflasterzellen bekleidet. *h* Plexus der in den Knorpel getretenen Nervenfasern. *i* Nervenepithel. *k* An einer Stelle etwas losgelöste dem Nervenepithel aufliegende Otolithenmasse. Osmiumsäurepräparat.

Fig. 40. Vergr. 300/1. Gruppe von Pflasterzellen, welche die Seitenwandungen der Pars basilaris und der Lagena bekleiden. Osmiumsäurepräparat.

Fig. 41. 100/1. Feiner Längsschnitt durch die losgelösten Theile der Schnecke. *a* Nervenfasern, die sich in der Lagena ausbreiten. *b* Nervenepithel der Lagena. *c* Nervenfasern des Basilartheils. *d* Leiste zwischen dem Basilartheil und der Lagena. *e* Pflasterzellen der Pars basilaris. *f* Verändertes Nervenepithel des Basilartheils. *g* Leiste zwischen der Pars basilaris und dem Tegmentum vasculosum. *h* Pflasterzellen der Leiste. Osmiumsäurepräparat.

Fig. 42. 700/1. Nervenepithel der Lagena von der Fläche gesehen. *a* Stäbchenzelle. *b* Dunkles Pünctchen als Ausdruck des Haares. *c* Die Stäbchenzellen umgebenden Zahnzellen. Osmiumsäurepräparat.

Fig. 43. Vergr. $^{90}/_1$. Querschnitt durch die Lagena. *a* Knorpelwand der Lagena. *b* Basalsaum. *c* Pflasterzellen der Lagena. *d* Zur Lagena tretende Nerven-fasern. *e* Plexus der Nervenfasern innerhalb des Knorpels. *f* Nerven-epithel. Alkoholpräparat.

Fig. 44. Vergr. $^{700}/_1$. Stück eines Querschnitts durch die Lagena mit dem Nerven-epithel. *a* Dunkelrandige Nervenfaser. *b* Blasse Nervenfaser, auf der der äussere Contour der dunklen Faser allmählich übergeht. *c* Kerngebilde der Knorpelwandung. *d* Basalsaum. *e* Stäbchenzelle. *f* Verdickungssaum der Stäbchenzelle. *g* Haar derselben. *h* Kern der zwischenliegenden Zahnzelle. Osmiumsäurepräparat.

Fig. 45. Vergr. $^{100}/_1$. Stück eines Querschnitts durch die Lagena. *a* Plexus dunkel-randiger Nervenfasern. *b* Nervenepithel. *c* Otolithenmasse, aus der die Otolithen gefallen sind. *d* Feine Streifung der Otolithenmasse als Aus-druck der Höhlungen für die Härchen der Stäbchenzellen. Osmium-säurepräparat.

Druck von Breitkopf und Härtel in Leipzig.